對決死神的女孩

目錄

（警語）

本書將會提及前兩集揭露的眞相，敬請留意。

1

即使穿著大衣，殘留著冬意的冷風依然沁入肌膚，老舊的薄圍巾絲毫沒有禦寒作用。就算想多穿幾件也辦不到，可以換錢的衣服，已經全部拿去賣掉了。

脆弱的春陽灑落在橫濱港灣的三井OUTLET PARK，這個購物中心模仿北美港都的風格建成，平日也還算熱鬧。然而在如此寒冷的天氣裡，可沒人有興趣待在戶外，時間剛過正午，人人都窩在餐廳裡取暖。

但是二十六歲的後藤清美阮囊羞澀。如果走進咖啡店，回程電車費就沒著落了。她只能選擇在空地的長椅和人相約見面，海景一覽無遺。

她用眼角餘光悄悄瞥向在隔壁坐下的男子。看起來比自己大上兩輪，跟死去的父親是同一個年代的人，只是他連一分錢也不會給清美，這也沒辦法，畢竟是自己約他出來的。

喀什米爾大衣下的身形頗具福態，滿頭白髮搭上圓臉和鬍鬚，一副值得信賴的模樣。尤其是他頑強的表情和低沉有力的嗓音，事後還能回想起那股威嚴。

淺村克久口中吐出陣陣白煙，他的聲音具有奇妙的說服力，「小說裡登場的偵探可說是天外飛來一筆，妳懂嗎？」

清美困惑地小聲回答，「呃……」

「一般也稱做機器神，就是為了推動陷入僵局的劇情，硬插進來、突然從天而降的超然存在。泰國民族舞蹈裡出現的哈努曼神猴，就是一個很好的例子。只要化身白色猿猴的神明出現在舞台上，觀眾便會瞬間忘記前面的劇情，一個勁地喝采起來。」

他的微笑看似謙遜，卻隱約透露著自負，彷彿正在進行極具價值的演說。只要認識淺村這個男人，立刻就能看穿這副模樣不過是他的虛張聲勢。

清美心中的憂鬱逐漸擴散。

起初她以為聽不懂淺村的話，是因為自己學識不足。他很誠懇面對我的信任，不會怠忽職守，清美想。因此她決定全盤接收，不加猜疑。

只是，在她刻意忽視直覺時，距離真正的答案也不遠了。淺村的談話毫無深意，他之所以嘮嘮叨叨，只是想模糊話題罷了。

淺村還在得意洋洋地說著，「偵探在推理劇結尾的解謎，即是天外之聲，而舞台上的任何人都不得插話。這在現實中是不可能的。真正的偵探需要長時間腳踏實地地調查，持續就是力量。」

意思是還需要更多費用吧。反覆繞圈子的比喻，往往是索討金錢的預告。

清美腦海中逐漸萌生怯懦的念頭，壓下了抗議的聲音。她天生懦弱，然而即使如此，她還是畏縮地開口問，「請問……」

「怎麼了？」

「您之前說，今天就會眞相大白了吧？」

「妳聽好。」淺村轉向清美，「是妳懷疑自己可能被他玩弄了吧？」

「是這樣沒錯。」

「妳冷靜下來想想現在的狀況。他跟妳不同，是個交遊廣闊的人，今年二十八歲，又是業務員，常常在外面跑，週末會開車出遠門。他的個性也很謹慎，不太會露出狐狸尾巴。雖然有人說看到他跟女人走在一起，不過光那樣也沒辦法判斷眞假。」

「不能幫我把那個證詞寫進調查報告書嗎？這樣就算外遇調查告一段落。」

「毫無意義。光憑證詞沒辦法解除婚約，就算拜託家庭裁判所調停，最後也只會以證據不足作結。總而言之，再給我一些時間吧？我一定會給妳答案的，如果現在放棄，那之前花的錢就全白費了。」

擺出親切友善的態度，就是爲了再多榨出一點錢。經歷幾次同樣的事後，多少也會學到教訓。

清美看向淺村直直盯著自己的目光，原先想拒絕他的意志力突然消退了。這是膽小的人常見的狀況。察覺到自己的愚鈍時，便容易放棄責任、隨波逐流，這或許也算某種逃避吧。

清美沒有朋友，也不能依靠病弱的母親，唯一的心靈支柱，就是未婚夫梅宮亮平。只有偵探才能釐清她的懷疑。

雖說如此，清美已經山窮水盡了。所有儲蓄都用來當結婚資金，寄放在亮平那裡。調查所需的費用，是用現金卡借款湊出來的。就在幾天前，她才剛向最後一家可借款的信用卡公司提出申請而已。

清美有些著急地囁嚅，「關於費用，我可以之後再付嗎？」

「調查費必須事前付清。」淺村的語氣和緩但堅決，「我在簽約時強調過了吧？這是我們雙方都同意的。」

「我會儘量的。」清美腦海裡浮現病床上的母親。母親的存錢筒裡應該還有一些鈔票，只能用那些錢了。「如果非得先付清的話，能不能拜託您算便宜一點呢？」

「一天的調查費用是八萬圓，這是業界行情價，妳問問其他事務所就知道。」

清美快要急哭了，「我沒辦法付那麼多，已經湊不出錢了。」

強風颳起，頭髮飛舞著，冷風在耳邊呼嘯。遠方傳來低沉的汽笛聲。天空的藍色隨即變得淡薄，雲朵逐漸退去顏色，只留下朦朧不清的輪廓。

沉默片刻，淺村問，「妳有智慧型手機嗎？」

「早就解約賣掉。」清美的聲音顫抖著，「已經擠不出更多錢了。」

「這樣啊。」簡單來說這就是淺村的反應。他面無表情地望著前方，沒有困擾的樣子。

一會兒後，淺村確認，「真的要中止調查了？」

委託人表示支付能力不足，就等於是要結束合約。這時如果還期待對方會展現憐憫的態度，那才應該是缺乏常識吧。

清美拭去眼角的淚水，點點頭，「是的。」

淺村無情地站起，冷冷丟下一句話，「那我就不打擾了。」

他的步履沒有絲毫猶疑，頭也不回地離去了。清美茫然地目送他的背影，結束來得意外簡單。

只留下彷彿胸口被挖空的空虛感，清美在寂靜中緩緩起身。

大概是從昨晚起就什麼也沒吃，她連路都走不穩。

這幾個月到底算什麼？未婚夫確實有可疑行爲，清美想要一些能讓自己相信他的證據，明明只是這樣而已。

淺村在報告裡說，他不時會看到女人的身影。這份報告的可信度究竟有多高？懷疑的念頭閃過時，清美突然想起她夾在行事曆裡的紙。

她從腰包中拿出行事曆。在房間被斷電前，她把這個網站資訊列印下來了。

購物中心裡有公共電話，清美已經賣掉智慧型手機，公共電話是她唯一的通訊方法。扣掉電車錢，還有幾枚十圓硬幣可用。

她撥打紙上印出的號碼。電話響了幾聲，一個女人的聲音接起應答，「須磨調查公司，謝謝您的來電。」

「那個……」清美緊張得一時說不下去，心臟砰砰直跳。

她曾經在網路上發問，要如何消除對偵探的不信任感。有人回答一間叫須磨調查公司的偵探社，會接受調查同業違法行爲的委託，而且電話諮詢不收費。

清美不是個口齒伶俐的人，不知道該從何說起，但是這樣沉默下去，只會浪費有限的通話時間。

還來不及整理想法，清美就一股腦說了起來，「我有一個未婚夫，可是我在他車子裡發現一個香奈兒的粉底盒，那不是我的，我買不起那麼貴的東西。我的頭髮只到肩膀，可是車子座椅上卻有更長的頭髮。還有，我委託偵探調查，剛開始明明說只要八萬圓，卻愈拖愈久，每次延後都會再要錢，等我警覺到時，竟然已經付了好幾百萬。」

羞愧的淚水宛如鯁在喉頭，讓清美無法繼續說下去。

女人用公事公辦的聲音問她，「您要諮詢反偵探課，對嗎？」

似乎是有爲此特設的部門。清美回答，「是的。」

「能請教您的大名嗎？」

「我叫後藤清美。」

「負責人現在外出，我會請她再打給您。」

「啊，我是用公共電話打的。」

「那麼我可以直接將您轉接到負責人的手機嗎？」

「好的。」

「請稍候。」女人說。

話筒裡響起樂音，然而小提琴的優雅曲調，此時只像擾人的噪音。希望快點接通，每當話機裡響起十圓硬幣掉落的聲音，清美就會以爲通話要切斷而焦躁不已。

音樂倏地中止，另一個女人的聲音接話，「我是反偵探課的紗崎。」

她的語氣穩重，但聽起來相當年輕，可能比自己還小。

清美說，「呃，我的未婚夫……」

「您剛才說明的內容已經轉達給我了，」名叫紗崎的女人語氣平淡地這麼說，「後藤清美小姐，對嗎？您知道那位有問題的偵探的名字嗎？」

「呃，他叫淺村克久。」

「您現在人在哪裡？」

「三井OUTLET PARK，橫濱這間。」

「那麼，清美小姐，請仔細聽好。請絕對不要中止和淺村克久這個偵探的合約，先跟他說妳回去後會把錢備齊就好。」

清美屏息，「不能拒絕他嗎，爲什麼？」

「我是第一次聽到淺村克久這個名字，不過若事情如妳所說，那麼他是藉由不斷延長調查時間來索求高額報酬的不肖業者。一旦碰上委託人中止合約，他就會立刻聯絡調查目標，將調查一事透露給對方。」

「什麼？」清美備受衝擊，「他爲什麼要做這種事？」

「爲了讓您沒辦法再委託其他偵探。每個不肖偵探都希望同業賺不到錢，都想讓競爭對手陷入經濟困難、不得不關門大吉的窘境。又或者，如果委託人去找大型偵探社或律師商量，自己的不當行爲就可能曝光。無論原因爲何，都是爲了讓您無法繼續託人調查。」

清美心生動搖，腦海一片空白，思考完全停擺。

不知過了多久，紗崎的聲音打破沉默，「清美小姐？」

心慌意亂的清美情緒還沒能冷靜下來，她著急地說，「我之後再打給妳。」

她掛上話筒，切斷通話，又立即投進十圓硬幣，按下熟悉的電話號碼。

這次的鈴聲響了很久，一個男人接起來，「我是梅宮。」

聲音聽起來像在跟陌生人說話。因爲是公共電話打的吧，不知道來電的對方是誰。

清美衷心希望這樣的聲調能保持下去。她說，「亮平？是我，清美。」

「啊。」亮平的低聲應答，顯然沒有歡迎的意思。「我剛剛接到電話，是一個叫淺村的人打來的。」

胸口彷彿要撕裂了。清美辯解，「這是誤會，亮平，不是那樣的，我……」

「這下我很清楚妳是怎麼看我的了。」

「就說不是了，我只是……因為我在車裡看到奇怪的東西。」

「因為這樣就去找偵探？妳是想跟我分手吧。」

「才不是那樣！」

「我不可能再跟妳繼續下去，我們就到此為止吧。」

「可是亮平，結婚資金已經放在你那裡了。」

亮平的話突然變得含糊不清，「為了準備將來一起住，我已經預訂了很多東西，沒辦法取消。」

「什麼意思？你買了什麼？不管什麼東西，跟業者打電話都可以……」

「反正就是沒辦法，錢已經用光就是了。這通電話後我們就分手吧。」

「為什麼要這麼說？」

清美一時無言以對。然而亮平的聲音不僅沒有放軟，甚至變得更加尖銳，「什麼為什麼，我原本就沒那麼喜歡妳。」

「不喜歡我？」

「是啊。」

「爲什麼？」

「如果是要共度一生的伴侶，當然還是找美女比較好吧？任誰都會這麼想的。」

清美把欲說出口的話吞了回去。是我的錯嗎？這樣問聽起來太自大了。取而代之，她想起一個清晰的回憶，「你明明說過喜歡我的。」

「已經不喜歡了。」

「亮平。」

「妳眞的很煩，我對妳厭煩了，既黏人又陰沉，長得又醜，差勁透頂。我要掛了。」

通話結束，留下無止盡的「嘟——嘟——」聲。

清美只能默默呆站著。冷風吹拂讓心更加寒冷，宛如穿透身軀，從體內深處奪去體溫。

談分手的話，尖銳幼稚的惡劣態度也是難免的，這一點無可奈何，問題在其他地方。

說到準備結婚時需要購買的物品，不出家具、廚房用品、電視或打掃機器等。這些都是一般常識範圍內的東西，不該有什麼訂單是沒辦法取消的。

清美和亮平同居過一段時間，很清楚他不擅長說謊。藉口取消婚約，實際上是不想歸還結婚資金，或許他原本就是這樣的男人吧。

清美虛脫地掛上話筒，打算離去。此時，公共電話忽然響了起來。

清美嚇了一跳，停住腳步。這個公共用品正像家裡的市內電話一樣發出鈴聲。她湧起一陣莫名忐忑，心裡有股衝動，想趕快逃離這個難以理解的情境。

清美跑了起來。公共電話響個不停，路人紛紛投以好奇的視線。清美只是一個勁地向購物中心出口跑去。

買了電車車票後，她便身無分文了。心情隨著不安的恐懼發酵，如今已超越痛苦，墜入茫然的寂寥中。眼淚扭曲了視野內的一切，她陷在泥淖裡，愈是掙扎就沉得愈深。自己明明只是想獲得和一般人一樣的幸福啊。

2

有些人認爲只要對方願意進入審訊室，就等於主動招認一半的犯行了。

長谷部憲保警部補是負責重大案件的搜查一課主任。他曾見過面貌嚇人的巨漢，在這個房間裡萎縮下來的模樣，即使渾身刺青，也無法在這個特殊空間的壓力下撐著不崩潰。

不過世間總有例外。眼前這位纖細優雅的年輕女性，正將智慧型手機放在耳邊，看起來一點也不緊張。

她有著一頭直順的黑色長髮，小巧的臉龐配上一雙眼角微挑的大眼，鼻梁高挺。長谷部知道審訊室的日光燈會讓膚色難看，特別為女性警官所詬病；然而這個女人的肌膚卻依然水潤透亮。她的外表看起來像個適合穿連身短裙的女大學生，但其實已經是二十二歲的社會人士了。這般目中無人的無禮態度，實在讓人無法輕易信任她。

被逮捕的嫌犯不能攜帶手機進來，但自願配合警方的案件參考人則不在此限。她才剛接了一通工作上的電話，好像講到一半就切斷了。她沒有回撥，而是從手機通訊錄裡選了一個號碼撥出。無論她採取什麼行動，長谷部都無權制止。

寂靜的審訊室裡，唯有撥出的電話鈴聲持續回響。紗崎玲奈側耳聆聽了一段時間，但對方並沒有接電話。她面無表情地掛斷電話，但也無意端正坐姿。

長谷部問，「剛剛的電話是不肖偵探的被害者打來的？」

玲奈不發一語。從進入審訊室開始，她就完全無視長谷部的存在，只有講電話時才開口。

女人往往比男人更難對付。不過在調查人員的常識裡，多話的女人精神脆弱，比安靜的人容易擊破。相對地，沉默不語的女人就是最麻煩的一類了。

有些人認爲從公司的其他人下手會比較有效率，但尋常手段似乎對社長須磨康臣無用。而玲奈的同事峰森琴葉年僅十九歲，要傳喚未成年人並不容易。親權屬於民事範疇，協助調查刑事案件並不需要監護者的許可，只是琴葉本身沒有犯罪嫌疑，很難說服她出席非強制性質的應訊。

長谷部刻意挑釁地說，「民事案件才是偵探的地盤，一旦想給其他偵探的詐欺或暴力行爲定罪，就是踏入刑事案件的領域了。這是警察的工作吧！」

玲奈依舊沉默。她的姿勢看似輕鬆，但顯然保持著警戒心。走進警視廳後，她便不曾碰觸任何物品，連要摸一下桌子的模樣也沒有。玲奈在現階段還不是嫌疑犯，若警方沒有搜身令，就不可能採集指紋。

實際上在案件現場，連一枚可能是她的指紋都沒找到。有指紋就能出手逮捕了，可以要求她完整提供十隻手指的指紋，就算檢驗後發現不符也沒關係。只是，現行的條件還不到這個階段。豈止是可疑指紋，就連每個地點的防盜監視器，都沒有拍到她的臉。收集證詞也十分麻煩。警方請十一名家暴被害女性製作筆錄，但無人願意透露救援者是什麼人。即使沒人要求她們保持沉默，她們大概也憑直覺判斷，這個人的存在必須是秘密。

針對野放圖成員的調查同樣毫無進展。目前全員一概否認參與犯行，對玲奈的照片也沒有任何反應。警方雖想訊問領導人淀野瑛斗，但他始終處於性命堪憂的昏迷狀態。

長谷部低聲說，「來談談窪塚悠馬警視吧。」

玲奈的臉頰輕微抽動了一下。這個外表極爲冷靜理性的女子，難得流露出人性反應。

不過就算向她要求更多情感表現，也只是白費工夫。長谷部逕自說了起來，「因爲殉職而特別連升兩級，媒體報導他是拯救了十一位不幸的女性的英雄。」

聽到這裡，玲奈浮現輕蔑的神色。「警方對外發表，從調查一開始就將整起案件定調爲綁架案，根本是漫天大謊。」

以國家權力的立場來說，這是個不得不爲之的謊言，然而長谷部並未因此感到站不住腳。若要說到見不得人的秘密，玲奈一人便可匹敵整個警察組織。

敲門聲響起。「請進。」長谷部說。門打開，踏進審訊室的是係長船瀨卓警部，他是長谷部的直屬上司，黑髮中混雜些許白絲。

船瀨在塑膠椅上坐下，「紗崎小姐，要不要打開天窗說亮話呢？我是個基督徒，在神創造人類的時候……」

紗崎打斷他，「是人類創造了神吧。」

沉默降臨，室內徹底寂靜。

船瀨板起臉，「那就單刀直入吧。妳找到害死令妹的偵探了嗎？」

這次，玲奈連眼睛都沒眨一下。

船瀨的表情也沒有改變，「我想也是。如果妳已經確定對象，現在某處就會挖出那個偵探的屍體了。」

玲奈的瞳孔裡混著複雜的情感，但她仍舊保持沉默，並未表現出動搖。她一言不發地拿起手機，撥出的電話鈴聲再次回響於寂靜中。

長谷部不耐煩地問，「妳從剛剛開始就一直打給誰？」

「公共電話。」玲奈回答。

「啊。」船瀨沉吟，「公共電話啊。」

船瀨的反應讓長谷部察覺，玲奈的回答並非玩笑話。既然她是偵探業者，那就不意外了。只要是已知的公共電話號碼，他們都會記錄在手機裡，數量似乎相當龐大。

每一台公共電話都有電話號碼，通常不對外公開，但偵探事務所總是不停在破解這些號碼。方法很簡單，先收集所有類型的電話簿，將電話號碼一一輸入Excel，並按順序排列，如此一來中間就會出現空的號碼。最後兩碼是99時，很有可能是公共電話的號碼。由區碼判斷所在區域後，直接到現場撥打該號碼確認即可。

船瀨對玲奈說，「委託人用公共電話打來，妳知道所在地點後回撥的吧。對方應該已經走了？」

長谷部也清了清喉嚨，「妳提到什麼淺村克久，他是這次的目標嗎？」

還是沒應答。玲奈掛斷電話，冷冷看了他們一眼，「我回去了。」她低聲說著，站起身來。

由於是非強制性的審訊，可以隨時自由退出。通常調查人員會加以安撫慰留，不過現在顯然無效。無論施加多少壓力，玲奈看起來都不會在這個房間多留一秒。

船瀨仍坐在椅子上，「不介意的話，眞想見識見識妳的工作啊。見到那個叫淺村的偵探後，妳打算怎麼做？指控他觸犯法律，催他向公安委員會自首？應該不是吧。」

玲奈面無表情地俯視船瀨，「電話講到一半就斷了，我沒有接下委託。」

玲奈輕輕順了一下長髮，朝門口走去。她謹慎地拉長袖子，包住指尖後再轉開門把，頭也不回地消失在門外。

腳步聲逐漸遠去。船瀨說，「就算她不是通緝犯，也鐵定是個危險人物。派十個以上的調查員持續跟蹤，日夜都要掌握她的動向。」

長谷部點點頭，「紗崎自己也知道吧，只要她有任何違法行為，就會立刻以現行犯逮捕。」

船瀨不以為然地嗤了一聲，「就算接到營業停止或廢止的命令，不肖偵探業者只要變更公司跟負責人名稱，同一批人隔天馬上就可以在同一個地點重新開業。所以向公安委員會告發他們的不正當行為，其實沒什麼意義。反偵探課的誕生，或許就不免要成為專門對付不肖偵探的制裁者，況且她還有私人恩怨。」

不靠司法程序，以自身實力私下予以制裁。這種行為和法治國家的理念背道而馳，不只是單純的暴力犯罪。二十二歲的女性卻選擇了和黑道流氓同樣的生存方式。

說起來在野放圖事件中，約半數的家暴加害者都以不起訴結案。那些傢伙宣稱，雖然委託野放圖帶回妻子或女朋友，但不知道他們會採取暴力綁架手段。這種離譜的辯解居然也行得通。

長谷部直率地吐露心聲，「檢察官如此不可靠，她的心情也不是不能理解。」

船瀨嘲諷似地笑了，「難道你也想特別連升兩級嗎？」

長谷部無言以對。這玩笑眞難笑，他苦澀地想。

3

峰森琴葉在阿佐谷站南口附近的拉麵店裡，等著約定的時間到來。

琴葉從早晨起就尚未進食，雖然肚子空空，眼前的擔擔麵卻無法引發她的食慾，任由蒸騰的熱氣撫過臉龐。

和她一同坐在吧檯的桐嶋颯太，倒是和那種叫人胃痛的緊張感沾不上關係，正津津有味地吸著麵條，麵碗裡盛了各式各樣的配料。

身材修長的桐嶋穿著長大衣，是個面容精悍的二十九歲男子。若在酒吧裡，大家應該都會當他是時髦的青年，然而他卻大喇喇地只顧動筷子吃麵，似乎完全不在意自身的優勢。

桐嶋的視線終於轉向琴葉，「妳不吃嗎？」

琴葉連陪笑也做不到，「時間就快到了吧。」

桐嶋抬頭瞄了瞄牆上的時鐘，又回到麵碗上，「還有七分鐘。」

他向來不顯露著急的模樣。桐嶋又埋首吃起麵來。

究竟該如何才能這麼沒神經？琴葉嘆氣。

或許是稍微察覺到後輩的不安，桐嶋停下筷子，「不用擔心，按既定的計畫做就行了。重點都記好了吧？」

琴葉顫抖著小聲說，「商店街有監視器，不能抬頭；要戴手套；不要留下造訪過的痕跡。」

「就是這樣。」桐嶋灑了一些胡椒在拉麵上，並將小調味瓶遞給琴葉。

琴葉才不關心味道如何，她搖搖頭。

電話鈴聲突然響起。桐嶋拿出手機應答，「喂？啊，是田丸先生，您好。跟蹤夫人的行動十分順利，今天夫人一直待在家中。是的，正在附近監視中。我不會讓視線離開夫人的，請您放心。再見。」

桐嶋掛斷電話，若無其事地繼續吃麵。

琴葉感到匪夷所思，「什麼在附近監視……」

「沒關係啦。」桐嶋說，「有丈夫委託調查妻子的外遇嫌疑，剛才就是那個丈夫打來問。他太太是家庭主婦，也不喜歡出門，八成正在家裡。重點是她根本也沒外遇。」

「騙他正在監視，難道不算債務不履行嗎？」

「違反民法第四一五條嗎？我是不肖偵探嘛，反偵探課不會放過我的。」

「桐嶋先生。」

「開玩笑的。那位太太沒有外遇是眞的，從一開始就根本沒那個嫌疑。外遇的是丈夫。」

「眞的？那爲什麼要偵探監視他太太？」

「因爲他想要明目張膽地跟情婦在外頭約會，要是被妻子撞個正著就麻煩了。」

琴葉很驚訝，「有那個丈夫跟情婦在一起的證據嗎？」

「當然有。我是這樣調查的，先僞造一個女性臉書帳號，向丈夫提出好友申請。大頭貼照片下載免費圖片素材就行了。除非有特殊原因，否則男性一般不會拒絕女性的好友申請。」

琴葉愣愣地說，「你觀察了他的臉書塗鴉牆嗎？」

「有一個女的總是很積極按讚、留言，她的身分不明，個人資料只公開給好友看。所以我就在貼文裡多和那個女的搭話，向她送出好友申請。接著比對丈夫和那個女人的貼文，篩選出兩人皆有活動的日子和時段，跟蹤並確認兩人進入愛情賓館。調查完畢。」

琴葉有些在意，「既然丈夫的委託是基於虛假的事實，應該立即中止調查才對吧。」

「嗯，是可以根據偵探業法第九條中斷調查。」

「爲什麼還要裝成調查還未結束的樣子？」

「一天的調查費用是八萬，一週就是五十六萬圓，大魚輕鬆入港。」

琴葉感到反感，她勸道，「故意拉長調查時間，這不就是不肖偵探嗎？」

「噓，小聲點。」桐嶋仍然以哄小孩的口氣說，「說謊的是委託人，跟他多收的錢也算違約金吧。如果是其他偵探社做的，反偵探課就不能視若無睹，但發生在自家社內，玲奈也會睜一隻眼閉一隻眼。」

「眞的嗎？」

「去問問須磨社長。偵探的行爲要自己負起責任，只要不曝光就沒問題。」

「所以玲奈姊不知道吧。」

「別這麼一板一眼。按普通方式賺錢有多辛苦，她可以理解的。」桐嶋雙手捧起麵碗喝湯。

如此駕輕就熟，簡直就像不肖業者。社長平時常說「偵探無所謂善惡之別。」或許這樣的理論才是正確的吧。

而我也確實想成為其中的一分子。今天預定進行的計畫，在法律上絕對屬於犯罪。

桐嶋推開麵碗，隨即起身，「時間到了，走吧。」

琴葉抬起頭。未免太突然了，連正式出發前的心理準備時間都沒有。

桐嶋步出店門，背影彷彿說著「與其慢慢學，不如讓自己習慣。」琴葉急忙追上去。

柔和的陽光穿過澄澈的空氣，讓車站前的圓環宛如繪畫般色彩鮮明。路邊還殘留著幾天前降下的雪，寒氣就像整片冰覆蓋在身上，令人不禁打顫。時序已過三月，東京都內卻尚無春日來臨的預兆。

桐嶋走路的速度異常地快，琴葉拚命追趕，焦躁地想壓下內心的不安。

今早，玲奈同意警方協助調查的傳喚，前往警視廳。琴葉擔心不已，邊走邊忍不住抱怨，「玲奈姊都被警方盯上了，幹麼還自己送上門去。」

桐嶋沒有回頭，「正因爲警方在監視，她才要另外行動，應該是想把警察的注意力從我們身上引開吧。」

「我是不是太礙手礙腳了？」

「妳現在人在這裡，就已經很有存在意義了。療壽會醫院的精神科到府看診，是以一男一女爲搭配的。」

「所以只是角色扮演需要而已啊。」

桐嶋輕笑，「我們都是社長的棋子。之所以派出我這個不屬於反偵探課的人，也是因爲紗崎沒辦法進行這次的調查。偵探的一般業務就是違法行爲，這就是我們的日常工作。」

琴葉依舊無法釋懷，兩人走進商店街，她謹記不能抬頭。穿過商店街後，就是通向住宅區的小道。在鮮有人車往來的生活道路上，矗立著一棟七層樓高、風格時尚的大樓，入口設有自動門鎖。

桐嶋從容地戴上手套，拿出手機。爲了不留下紀錄，他不選擇對講機，而是用手機通知對方，「我是療壽會醫院精神科的牧原，現在到樓下了。」

自動門向兩邊滑開，琴葉心跳飛快，用顫抖的手戴上手套，屏息隨桐嶋進入大樓。

這裡並非單身公寓，而是供家庭入住的大樓。琴葉和桐嶋一起拜訪的602室，推測格局是四房兩廳，足夠給一家人住。

在玄關迎接他們的是宇佐美秋子的母親，年過四十，名叫麗子。以前她和丈夫都是上班族，但在女兒涉入「野放圖」事件後，便辭了工作，現在每天陪著女兒在自家療養。她疲憊而憔悴的臉令人印象深刻。

不過，麗子仍十分歡迎精神科醫師的到來。「請進。」她打從心底露出愉快的笑容說。

琴葉忽視這令她難受的罪惡感，跟在桐嶋身後脫鞋進屋，走廊有地板暖氣。

帶路的麗子停下腳步敲門，「秋子，精神科醫師來看妳了。」

房門打開，裡面的房間約三坪大，雖然不髒亂，但很多雜物。各種衣服掛在牆上，有豹紋和皮革等款式，乍看都是些早已落伍的澀谷風服飾。從床上坐起的秋子也染了頭金髮，傷勢似乎已恢復不少，看起來氣色不錯。相較於特色強烈的服裝喜好，粉紅色的床單與格子花紋的睡衣顯得格外可愛，屬於普通女孩子常見的風格。當然，對這年紀的人來說，這樣的喜好或許有些幼稚。

二十七歲的秋子戴著假睫毛和彩色隱形眼鏡，交替看著琴葉和桐嶋。對她來說，大概最少得做這些裝扮才能見人。

秋子粗魯地問，「遠藤醫師呢？」

桐嶋友善地微笑，「他正在出差中，今天早上我打了電話給您母親，您沒有聽說嗎？」

琴葉緊張得發暈。是她昨天傍晚打給醫院，冒充秋子的名字取消到府看診的。光是回想就覺得呼吸困難。

秋子露出笑容，「你真年輕，是新人嗎？」

「算是。」桐嶋親切回話，「我不覺得自己經驗不足，不過或許還是換其他人來比較好？」

「沒這回事，你比大叔好。」

就算女兒說話輕佻，母親也沒有責備的意思，甚至浮現安心的表情，大概是房間裡的融洽氣氛讓她放心不少。

麗子微笑著走出房門，「我去幫各位倒茶。」

腳步聲逐漸遠離，桐嶋將半開的門關上。

桐嶋轉身，臉上已沒有笑容，也不看秋子一眼。他走到房間一角，拉出桌子的抽屜翻找起來。

秋子不安地站起身，「你在做什麼？」

琴葉的視線垂向地板，連旁觀這一切的勇氣都沒有。

桌上有一支智慧型手機，施華洛世奇的水晶裝飾閃耀著七彩光芒。桐嶋盯著手機，「很新，是在事情發生後買的。之前的被警方沒收了嗎？沒有通訊錄跟郵件資料就沒用了。」

桐嶋放下手機，走向書架，抽出漫畫檢查裡面有無夾紙片，確認完就隨意扔到地上。

秋子氣得衝上前來，「你做什麼，快住手！」

但桐嶋仍不停手，開始摸索牆上掛著的衣服口袋。

秋子的臉瞬間脹紅，房裡充斥著她粗暴的話語，「搞什麼鬼啊你！我叫你給我住手！」

血液傳到頭部的速度似乎很快，秋子甩著凌亂的頭髮，拚死命揪著桐嶋，但雙手手腕反被桐嶋緊緊扣住。

桐嶋瞪著秋子，「妳在『野放圖』裡是負責聯絡偵探的吧？如果有澤柳茱茱的電話號碼或信箱，就交出來。」

秋子大為震驚，雙眼怒睜，嘴巴像夏天的金魚般反覆開合，一個字也說不出口。

桐嶋本來就不期待她會回答，繼續說，「看來是沒記下。紗崎問妳的時候，妳也回答『不用聯絡』，對吧？想跟妳請教，不接觸的話要怎麼委託她？」

秋子眼眶泛出淚水，頻頻搖頭，一個勁地喃喃自語。

桐嶋連珠炮似地咄咄逼人，「聽紗崎說，妳會突然嚇到整個人精神異常，但其實只要老實招供就不會被打了，不是嗎？三流演技就免了吧！」

秋子蜷縮成一團，她甩開桐嶋的手，抓起抽屜裡的剪刀，邊尖叫邊揮舞。然而桐嶋一點也不退縮，反而立刻一巴掌打在秋子臉上。她搖搖晃晃地跌倒，剪刀飛出去掉落在地。

秋子撐起上半身，像個幼兒般嚶嚶抽泣，時而慘叫。突然拉高音量似乎就是發作警報。秋子滿臉滴著眼淚口水，發出意義不明的音階。她可能想要說些什麼吧，毫無理性的吶喊聲震耳欲聾。

琴葉不禁冒出雞皮疙瘩。

外面走廊傳來匆忙的腳步聲，房門猛然彈開。麗子驚愕地看著眼前景象，手中托盤不慎滑落，咖啡杯摔碎四散，灑了一地的黑色斑點。

麗子趕到女兒身邊，「秋子！妳怎麼了？」

到底發生了什麼事？麗子求救地看向桐嶋，隨即又轉回秋子身上。

秋子仍不停發出慘叫，麗子想盡辦法安撫她，但秋子似乎沒有意識到媽媽的存在，她眼球上吊，全身痙攣。

桐嶋拋下這一團混亂，拉著琴葉的手離開房間。

到玄關都還聽得見秋子驚人的慘叫，不時混雜著麗子的哭泣聲，她反覆呼喚女兒的名字。

打開玄關門，走出602室。周遭恢復寧靜，琴葉終於從耳膜的刺痛中解放了。

搭乘電梯下到一樓，一走到街上，外頭的寒氣瞬間便將所剩不多的體溫掠奪殆盡。琴葉縮了一下身子。

兩人快步前往車站，桐嶋壓低聲音說，「得到最起碼的情報了。」

今天的任務之一，就是確認秋子的精神問題是不是偽裝的。琴葉打從最初就對這種粗暴的手段提不起勁，而結果確實也如她所擔憂的發展。

琴葉忍不住說，「至少也打個一一九……」

「別管她。」

說得也是，琴葉只能這般囁嚅。警方會追蹤報案來源。

風吹在耳畔的聲音，變化出奇妙的音調。秋子的吶喊在腦海中縈繞不去，琴葉加快腳步，意圖揮去糾纏不清的自責。

秋子是灰道分子，是暴徒之一。玲奈姊碰到那麼慘的事，還有好多人因爲「野放圖」而犧牲。在完全無法平靜下來的心中，琴葉反覆地這麼說服自己。

4

後藤清美趴在桌上，抵抗著混亂的平衡感帶來的噁心感受。

傳進耳裡的粗重呼吸，原來是自己發出來的。嚴肅的古典背景音樂、其他客人的談話聲，店裡的一切聽來都只是噪音，令人難以忍受。清美期望寧靜的空間，但她並不打算離開這裡。「不想一個人待著」的偏執想法纏著她。

現在幾點了？一定是半夜，連看時鐘的力氣都沒有。走進店裡時外面天還是亮的。清美從未喝過酒，對她而言，酒吧是難以高攀的場所。這間酒吧位於自由之丘車站附近的住商混合區，一樓店面外立著威士忌酒瓶形狀的招牌。無論是來到這條街，抑或是選擇這間店，都是清美一時的興之所至。她下定決心踏了進去。

店裡光線幽暗，以深褐色的別緻木紋裝潢，與清美對酒吧的印象不謀而合。清美對酒的滋味一無所知，反正就喝下去吧，她拿定主意。

她啜飲生平的第一口威士忌兌水。比想像中容易入口，意識也沒有變化，清美有些失望。繼續喝下去也無妨吧，她想。

吧檯的服務生是個沉默的青年，惜字如金。清美一人獨飲，快速地一杯接一杯。或許是希望有人關心，問她「這樣喝沒關係嗎？」希望有人插手，希望有人多問她幾句話。

然而，這種深入內心的談話是不可能發生的，從頭到尾都只是表面上的應對。孤獨感在清美腦中膨脹，她自暴自棄地繼續灌酒，終於開始有些頭暈目眩了。這就是喝醉嗎？她想。根本不是什麼令人瞠目的轉變，不像傳說中那般愉快，也無法讓人忘卻痛苦和煩惱。

到頭來，還是找自己放棄了「結婚」這個人生中的幸福，真是沒用又愚蠢。有話不敢直說，卻偏偏愛擔心，選擇了雇用偵探這種沒常識的方法。明明就沒本事看穿人性，還放任自己依賴他人。別人才不會跟家人一樣好。落到最後只能自己承擔責任，膽小鬼就得不到回報嗎？

沒有人會接受自己，沒有一件事是順利的。耳邊只有亮平的聲音不斷回響、擴大。我本來就沒那麼喜歡妳。如果是要共度一生的伴侶，當然還是找美女比較好吧？任誰都會這麼想的。我對妳厭煩了，既黏人又陰沉，長得又醜，差勁透頂。

清美像是要填補內心的傷口，將酒一飲而盡。身體似乎已在不知不覺中超出極限，她分不清前後左右，不僅思考停擺，連五感都無法發揮，宛如正在夢中。服務生搖醒她，請她結帳。「我沒帶錢。」她回答。

出現一個狀似店長的男人，嘴裡喃喃抱怨，清美無法理解他在說什麼。他催促清美站起來，清美起身，但無法好好走路。對方問她有沒有帶身分證，清美遞給他一張公司的員工證，看來店家是打算之後再請款。男人記下上面的資料，將職員證還給她。

清美偷偷期待著，期待糾紛能夠拖長。什麼原因都好，好想有人關注她。然而店家態度依舊冷淡，服務生將她帶出店外——或許該說趕出店外。回過神來，她又成了孤單一人。

黑夜已完全降臨，外頭正下著雨，清美沒有帶傘。街上人煙稀少，店家都已拉下鐵捲門，清美踉踉蹌蹌地穿過馬路。

她後悔雇用偵探。倘若碰上正當的業者，或許就不會落得如此不幸。然而這可能性是否存在，事到如今也無從知曉了。一切都將迎向終結，並成爲過去。隨便怎樣都好了。

過馬路要專心——當清美被一大片炫目的車頭燈包圍時，這個簡單的道理在她的腦海一角模糊閃過。刺耳的喇叭聲與劇烈的風壓一同襲來，是卡車車頭嗎？

她想起了媽媽，牽著手帶她穿越斑馬線的幼時記憶。悲傷模糊了視野，招牌的霓虹燈光在眼底漫射，無能爲力。

撞擊的劇痛激烈地貫穿全身，醉意並未麻痺痛覺。清美的意識就到此爲止。

5

船瀨瞄了一眼手表，凌晨四點十二分，天空在這個季節還是一片漆黑。

都內一起車禍事件的被害者被送至這家醫院，身爲重大案件班的負責人，船瀨其實沒有必要獨自趕來查看。一名女子在自由之丘站前遭車撞擊，這只需要碑文谷警署的交通調查班到場處理即可。

然而今早一接到通知，船瀨便立刻趕來，他有必須這麼做的理由。被害者叫後藤清美，似乎是根據她在酒吧出示的員工證確認的。

長谷部警部補提過，從公共電話打來的委託人，就叫後藤清美。玲奈在通電話時說得很清楚。

這裡是目黑區的厚生癒靜綜合醫院，船瀨經過夜間櫃台，走向一樓的手術室前。他已從轄區警署的負責人那聽說了事發經過，女子喝得爛醉，在穿越馬路時被一輛小貨車迎面撞上，內臟破裂、頭部嚴重外傷，處於命危狀態。

過了一陣子，船瀨聽到急忙趕來的腳步聲。是一名身穿仿麂皮外套的瘦削青年，在走廊上停下喘氣。他對護理師自報姓名是梅宮亮平。

看來碑文谷署的人已經聯絡他了，對他表露出關心。梅宮的表情悲痛，哀傷地張望四周。

船瀨慢慢走近，警員轉身替他介紹梅宮是清美小姐的未婚夫。

船瀨懶得點頭致意，他想好好觀察梅宮的表情。他對梅宮說，「你們應該已經解除婚約了吧？」

梅宮的臉一僵，浮現畏懼之情。與此同時，他又做出隱含愧疚的人性反應。他露出帶著某種玩笑意味，近似苦笑的笑容。

極度悲傷的人不應出現這種態度，船瀨想。「哪裡好笑了？」

畏畏縮縮的梅宮又恢復正經表情，高聲回答，「沒有，沒什麼。」

梅宮的臉逐漸蒼白。不過就算把這個男人嚇得半死也沒用，現在不是追究刑事責任的時候。

不鏽鋼隔音門緩緩打開，醫生走了出來，綠色手術衣沾染了黑色污漬。醫生脫去口罩，在護理師耳邊說了幾句後，走向梅宮。

雖然聽到船瀨的話，院方人士還是決定將梅宮視爲未婚夫。醫生用沉痛的表情向梅宮低頭說，「很遺憾，人已經走了。」

梅宮臉色仍舊僵硬，視線頻頻瞥向船瀨，顯然是想逃避責任。

大概另有戀人吧，船瀨如此揣測。他還是頗爲介意梅宮究竟有沒有詐欺的意圖，但那是當地轄區警署的工作。

梅宮向醫生深深行禮，打算離去，然而才踏出一步，他就停下腳步。

船瀨覺得奇怪，便往走廊的另一端看去，警戒心逐漸升起。

是紗崎玲奈。她穿著一襲連身洋裝，外面罩著西裝長大衣，揹著小運動包，眼神近似輕蔑地直視梅宮亮平。

她的出現並沒有什麼好訝異的。無論是深夜或凌晨時分，自由之丘站前一旦有警察在現場採證，就會立刻在推特上造成話題（註）。船瀨趕到醫院時，也在夜間櫃台看到疑似報社記者的身影，偵探會嗅到消息也是理所當然。依她的慧眼，應該已從醫生的模樣掌握狀況。就在剛才，後藤清美死亡了。

船瀨邊走向玲奈邊說，「如果妳想對那個叫淺村的偵探報仇，我勸妳還是放棄。妳沒有接下委託吧？」

玲奈回望他的目光益發銳利，不僅毫無退縮，更如豹一般盯著他。隨後，玲奈轉身跑了起來。

「喂！」船瀨加快腳步，「等等，站住！」

註：自由之丘是東京知名的高級住宅區，在一般人認知中少有犯罪事件。

船瀨快速奔跑。清晨的醫院裡，匆忙的腳步聲在寧靜的走廊上迴響。繞過好幾個轉角，船瀨漸漸看不到玲奈的背影。正當一籌莫展時，又有其他腳步聲接近。船瀨回頭，看到幾個熟悉的西裝面孔跑了上來。

搜查一課裡分爲好幾個班，中島紘一警部補就是其他班的主任。看到船瀨，他有些驚訝，「船瀨先生，你已經到了啊，怎麼這麼快？」

中島等人是負責記錄玲奈一舉一動的追蹤班，日夜交替持續跟蹤行動。

「紗崎在醫院裡。」船瀨說。

「我們發現了。」中島嚴肅地點點頭，「我們一看她走進這棟住院大樓，就馬上守住夜間櫃台跟其他所有出入口。從二樓到五樓，電梯和樓梯附近都派人駐守，最上層六樓則是保全公司。」

「很適當的判斷。」船瀨步伐飛快。

爲了能在玲奈做出任何違法行爲時，立即將她逮捕，片刻都不能讓她脫離視線。

一般來說，即使不是現行犯，依舊可以根據多項間接證據予以逮捕，但玲奈的情況不同。警方在對應阿比留事件及「野放圖」事件發生時的失態，到如今仍未公諸於世，他們無法對知曉眞相的玲奈放心。如果只因單純的懷疑逮捕她，在認定不起訴後，難保她不會揭露警方的醜聞。因此高層嚴格要求，必須有確切的物證方能逮捕她。

彎過轉角，在走廊前方，玲奈似乎有些躊躇，在原地進退兩難。野仲隆司警部補擋住了前方去路，她逐漸被逼得無路可逃。

玲奈轉進一旁的岔路，船瀨和中島等人拔腿奔跑，與野仲會合，繼續追蹤行動。眾人抵達電梯間。兩部電梯其中一部的門即將關上，門縫中一瞬間閃過玲奈的身影。

中島以對講機指示，「她坐上西側的電梯，各層樓警戒的調查員立刻按下按鈕，跟她一起坐進電梯。」

根據顯示燈號，電梯還未到達二樓，中島的反應十分迅速。之後電梯應該就會在各層樓停下，調查員便能逐一進入電梯。

才稍爲放心，下一個瞬間，船瀨忍不住倒抽一口氣。

顯示燈號持續上升，直接經過二樓和三樓。不知爲何，電梯並未停下。

野仲兩眼發直，「是緊急病患專用功能，這下子中途都不會停了。」

船瀨急忙按下按鈕，衝進另一部電梯，「這邊也能弄嗎？」

「我試試看。」野仲衝進電梯，按下最高樓層，接著長按關門鍵。電梯門關上後，他仍持續按著關門鍵不放，「這個方法是每家電梯公司通用的。」

電梯開始上升，然而很快又降速，在二樓停下。

船瀨急躁地問，「你在幹什麼？」

野仲焦急地連按關門鍵，「我忘了，只有標示『病床用』的電梯才有緊急功能，如果有兩部電梯，只有一部會是病床用的。」

船瀨氣急敗壞，每層樓的調查員都已按下按鈕，這部電梯會每樓都停。

他只能忍著急躁繼續搭電梯，每當電梯停下，就一邊狂按關門鍵，一邊朝門外怒吼，「在原地待命！」

電梯間的調查員透過對講機報告，玲奈搭的電梯中間完全沒有停下，已經一路直達六樓。

調查員的配置只到五樓，按理來說這應該是判斷得宜。無人能料到，玲奈居然會前往保全公司。

終於抵達六樓。整個樓層籠罩在微弱的光線中，氛圍與醫院大不相同，裝潢是科技公司般的簡約風格。辦公桌後穿著制服的保全一臉好奇地望著這裡。四周沒有玲奈的身影。

船瀨向前出示警察手冊，「剛才有個年輕女人來過吧？」

保全答，「她在裡面休息。」

「什麼？爲什麼讓她進去？」

「因爲她是孕婦，而且開始陣痛了，她說想找個地方躺。我才剛呼叫值班醫師而已。」

船瀨緊咬下唇。雖說這裡不是醫院樓層，有緊急需求的病患，保全也不好把她趕走。玲奈帶著一個小運動包，想必是把包包塞進洋裝裡，裝出大腹便便的模樣吧。

船瀨忍不住諷刺，「碰上美人，誰都沒轍哪。」

然而保全卻毫無反應，「不清楚，畢竟她戴著口罩。」

她遮住臉嗎？根據保全的證詞，無法斷定對方就是紗崎玲奈，這會成爲辯護律師的絕佳反擊依據。她眞是滴水不漏。

船瀨催促著保全，「快帶我過去！」

保全納悶地離開辦公桌，領著船瀨和調查員一行人前往目的地。

整個樓層隔成數個小房間，保全在其中一間門口停下，敲門。見裡面沒有回應，便立即開門。

室內空無一人。保全倉皇地說，「我確實帶她進來這裡了。」

船瀨觀察四周，目光停在走廊盡頭。左右對開的不鏽鋼門上寫著「機械室」一旁設有鑰匙箱，箱蓋半開。

保全顯得不知所措，「這應該是上鎖的。」

船瀨檢視鑰匙箱上的公司標誌，嘀咕道，「是日立大樓系統公司。」

「嗯。」中島點頭，「可以用TAKIGEN（註一）的0410號鑰匙打開。」

偵探業者家家必備。只要到鑰匙專賣店指定購買「TAKIGEN No.0410」鑰匙，任誰都能輕易取得。而大型的大樓設備管理公司不過數間，其中日立大樓系統公司占有相當大的市場，其生產的每一個鑰匙箱，都能用這把鑰匙打開。

鑰匙箱中，所有機械室的鑰匙都被拿走了，想必就是玲奈的逃跑方向。船瀨指示三人負責追蹤，其餘所有人則全部前往監控室。

這個樓層本身並無設置監視器，因此沒有留下玲奈來過保全公司的影像紀錄。數分鐘前，電梯管理公司也捎來通知，表示其中一部電梯的遠距監視攝影機出現故障。不用想也知道是誰破壞的。

話雖如此，嵌在監控室牆壁上的諸多螢幕，影像倒是都十分清晰。看來機械室內部隨處都設有紅外線攝影機，且設置角度兼顧平視、仰視等多種視角，入侵者絕對無從閃避。

野仲高聲提醒，「出現了。」

其中一個螢幕出現動靜，黑暗中有人影蠢動。但人影全身被炫目的光包圍，不僅是臉，就連身上穿什麼都看不出來。

中島抱怨，「她用LED手電筒照向監視器，形成光暈模糊。」

「混帳。」船瀨忍不住出言咒罵。那個運動包是闖空門的百寶袋嗎？

美格光（註二）手電筒，可發出高達二百二十流明（lm）以上的光量，雖然是一般市面上就買得到的商品，在紅外線攝影機下卻可造成強大的炫光，這下子不可能解析錄影畫面了。

中島透過對講機，向負責追蹤的三人指示玲奈的所在位置。根據保全的說法，玲奈行動路徑的前方有一台維修用電梯，只要下到地下室，便能通往分棟的第二住院大樓。

註一：TAKIGEN MFG. CO. LTD.，日本工業用五金領導品牌。

註二：美格光（MAG-LITE），美國知名強力手電筒品牌，本體堅固，許多警察亦將其做為鎮暴配備之一。

野仲苦惱地說，「怎麼還會相互連通？」

若本棟和分棟共用電力，地下往往會有連通的機械室。不過還有一個好消息，中島已派出所有能用的調查員，及時守住了第二住院大樓全部的出入口。玲奈依舊是甕中之鱉。

追蹤班報告，維修用電梯正在下降中。

玲奈果然往地下室去了。船瀨掃視監控螢幕，「地下室有沒有監視器？」

保全回答，「只有電梯前有一支。往上到分棟一樓的樓梯有好幾支，可以透過人體感應器發現目標。」

其中一個監控螢幕，出現地下室電梯門打開的畫面。沒有手電筒的光，倒是人影呈現詭異的一片漆黑。人影用一大片布完全罩住了身體。

中島瞪大眼，「這是怎麼回事？」

野仲嘖了一聲，「完全沒有反射任何影像。那是表面塗上PU樹脂的合成皮，會吸收紅外線。」

人影離開監視器範圍。監控室裡一片寂靜，一聲警報也沒響。

船瀨問，「感應器還沒有反應嗎？」

保全不知所措地囁嚅，「人體感應器是利用近紅外線照射的，如果目標反射量的變化不足，可能就感應不到。」

玲奈八成已經潛入第二住院大樓了。由於入侵路線不明，所以也不知道她此刻人在哪裡。

船瀨的耐性已瀕臨極限。他死盯著第二住院大樓裡的監視畫面，下定決心無論如何一定要揪出玲奈。

這時，病房走廊的影像吸引了他的注意力。

一個身穿手術服的人，正推著一台有輪子的病床。帽子和口罩遮住那人的臉，但看起來應該是男人。病床上躺了一個看似病患的人，從頭到腳全身覆蓋床單，但隱約露出了纖細的手臂，並不是遺體。這一定是女人沒錯。

男人沒有將病床推往任何地方，只是在走廊上反覆來回。住院大樓的出口皆已封鎖，他們就像走投無路般在原地徘徊。

找到了，船瀨確信，「立刻逮住那輛病床！」

中島蹙眉，「追蹤班還在地下室，紗崎好像把途中的門鎖上了，他們打不開。」

「那就讓其他調查員過去。」

「其他人手都在守著出入口，讓他們離開不是好主意。」

眞是遲鈍的男人，船瀨想。「看清楚，患者的頭朝向病床前方，只有遺體才會這樣運送。按照規則，運送患者時要雙腳朝前才對。」

中島依然無法苟同，但在船瀨的強力催促下，終究還是妥協。他透過對講機，指示一個守在後院專用通路的調查員前往病床所在地。他認爲只有該出入口採取指紋認證，和其他出入口相比，無人看守時的風險較低。

數分鐘後，調查員出現在病床的監控螢幕上。

他掀開床單，船瀨頓時僵住，監控室裡失望聲此起彼落。

穿著睡衣、躺在病床上的人尷尬起身，是個國中左右的少女，樣貌和玲奈大相逕庭。至於穿手術衣的人，調查員脫去他的帽子和口罩，是個大約同年紀的少年。

中島在監控室一角，用對講機了解狀況。通話結束後，他不滿地看著船瀨，「他們是一對入住第二住院大樓的兄妹，有個女醫生在休閒交誼廳給他們一萬圓，要他們去玩病床。」

船瀨恍然大悟，女醫生就是玲奈沒錯。她大概穿上了白袍，想必也不會忘記戴口罩。

目前還沒有任何證據，足以證明玲奈的違法行動，頂多只能證明她曾經進入第一住院大樓一樓。若想從擅自入侵機械室下手，也只錄到光暈和黑布人影，無法以此申請逮捕令。

至少也要掌握她意圖藉病床聲東擊西的證據。

船瀨不抱希望地問，「休閒交誼廳裡有監視器嗎？」

保全搖搖頭說，「考量到患者隱私，交誼廳裡沒有設置監視器。」

6

清晨六點，天空逐漸清明。從橫濱關內出發，過了扇町的十字路口後，就會抵達人稱「壽地區」的特殊地帶。即使戴著口罩，也能聞到空氣中飄散的異臭，舉目盡是雜亂的街道、老舊的房屋，以及滿地的垃圾。

這一帶是零工集散地，聚集了許多非法掮客和日薪臨時工。他們多半是身體粗勇的老人，大夥鬧哄哄地聚在一間食堂附近。食堂上面只蓋了片鐵皮，連牆壁都沒有，廚房宛如救濟貧民的免費供餐處，掮客和工人都圍在四周吃飯。

吧臺區幾乎坐滿，玲奈混入其中，點了份雜炊粥。人群中也能見到一些女性，絕大多數是老婦人，但也有帶著小孩的主婦。大家似乎都只對能賺錢的事有興趣，毫不關心他人的存在。

逃出醫院後，玲奈搭電車來到這裡。在最後關頭，她以病床爲誘餌，支開後院的調查員。如她所料，後院門鎖採用的是歐姆龍的「U.are.U指紋比對系統」。玲奈從運動包裡拿出筆記型電腦，接上ＵＳＢ線。開機時按Ｆ８進入安全模式，從控制台裡打開「U.are.U」的控制中心程式，設定自己的指紋爲Administrator，接著將手指貼上感應器，順利解開門鎖。離開前重置所有資料，並將在醫院其他樓層取得的阿摩尼亞塗在感應器上，如此便無法驗出指紋。

運動包連同內容物，寄放在車站的投幣式置物櫃。即使警方徵求玲奈到案說明，也找不到任何證據能證明她的行動。

透過雜炊蒸騰的熱氣，有人正盯著玲奈看。吧臺對面的老闆疑惑地看著她，像在詢問她爲什麼遲遲不開動。

玲奈輕輕點頭，將口罩稍微揭開一個小空隙，用湯匙舀起雜炊粥送進嘴裡。顯然她不願意露臉，這種行爲在此地應該不算太奇怪，老闆什麼也沒說，拿起長筷子翻炒鍋子裡的食材。

她看向吧臺裡的電視，正在播放晨間新聞，頭條標題寫著「女子在自由之丘車禍身亡」。

在一片吵雜聲中，玲奈勉強聽見主播的聲音。「昨晚，一名住在大田區的上班族，二十六歲的後藤清美小姐，在穿越馬路時遭一輛卡車迎面撞上。後藤小姐全身遭受強烈撞擊，送醫約四小時後仍宣告不治。現場是筆直的雙向單線道，視野良好，沒有設置斑馬線。警察將詢問卡車司機事發經過，釐清事故原因。」

畫面切換到演藝新聞。食堂裡沒有一個人在看，這世間沒有任何關心清美的理由。連一分鐘都不到的新聞，爲她的人生拉下帷幕。

玲奈調查過清美的家人，她和臥病在床的母親兩個人同住。曾經失去妹妹的玲奈，非常清楚家屬接下來將面對什麼樣的日子。從親戚到附近鄰居，各種人性面紛紛現形；包括葬禮在內，必須進行諸多冗長的程序。然而她明白，那些義務同時也有著療癒作用。在忙得團團轉時，便能從離別的悲傷中逃離。雖然那不過只是暫時的安慰，聊以代替鎮靜劑罷了。

要揪出不肖偵探，最有效率的做法是從委託人身上獲得線索。清美家中可能留有淺村克久的聯絡資訊，但現在絕無可能前往，無論是守靈或葬禮，應該都會遭到搜查一課的警察監視。

食堂的電視開始宣傳起某部推理連續劇，劇名中包括「偵探」二字。玲奈聽著刺耳，打開手機的遙控器應用程式，切換頻道。

老闆看向電視，一臉不高興地問，「喂，是誰啊？幹麼轉到教育台！」

差不多要到約定的時間了，玲奈站起身，帳已經結過了。這附近的食堂多為預先付款制，這種營業方針清楚表現出店家對客人的看法。

玲奈離開食堂，走入街道人群。有些人聚在掮客的卡車周圍，其他人則無所事事地隨意閒晃。到處都能聞到香菸和氣泡酒的味道，破裂的陶器碎片散落在腳邊，其中不知爲何混有小豬存錢筒的殘骸，裡面一毛不剩。

有一說法，認爲小豬存錢筒是因誤解而生的產物。據說當初有人請工匠用「陶器專用黏土（pygg）」製作，但工匠誤聽成了「小豬（pig）」。偵探也是一樣的，玲奈想。社會大眾對偵探的印象和實際情形大相逕庭，往往未經深思便向偵探求助，因此不肖偵探的受害者才會源源不絕。

聽說壽地區的旅店不接受女性住客。在這種地方，難怪愈來愈多人盯著玲奈打量，也有男人直接擋在她前方。玲奈加快腳步，然而去路逐漸受阻，她身邊儼然已形成人潮。

此時，一名膚色略深的中年男子加入玲奈的行列，和她並肩而行。群眾悻悻然散去。

男子低聲道，「沒想到妳真的來了，膽子真大。」

雖然長得一臉鬍子，從他明顯凹陷的眼窩和扁塌的鼻子判斷，確實是和玲奈相約之人。身上些許的髒污大概不是變裝，而是他平日的生活樣貌吧。

玲奈悄悄放心下來，但仍維持著文風不動的表情，「你說只願意在這裡見面，所以我就來了，僅此而已。」

「紗崎玲奈，須磨調查公司的那個反偵探課嗎？還很年輕哪。關於我，你知道多少？」

「橋本耕治，自稱是偵探業。」

「什麼自稱，我是專業的。」

「你沒有向公安委員會提出申請，居無定所，但每個月會把自己打扮乾淨一次，前往福富町。你收取店家的顧問費，承接特種營業小姐的信用調查。」

「這是很正經的工作吧。」

「你把跟蹤得來的情報賣給其他客戶，包括風俗小姐的住址、電話號碼、電子郵件、LINE帳號，能查到的都賣。另一方面，又接受因跟蹤狂所苦的特種營業小姐的委託。眞是粗糙的兩面手法。」

橋本沉默了。接著恨恨地說，「查得還眞清楚，我是想把賺來的錢分妳一半，叫妳別去報警，不過我沒那個本錢。」

「我知道你在賭博上揮金如土。既然這樣，就給我淺村克久的情報。」

「爲什麼問我？」

「他是你的眼中釘吧？我聽上野的偵探業者說的。」

「淺村啊。我沒見過他，不知道長相，但他確實是個令人火大的傢伙。無論什麼樣的委託人都騙，害得偵探都被人叫詐欺犯。」

「那是事實吧。」

「胡亂出手會破壞市場，那個垃圾連這點道理都不懂。」

「他只是單純的詐欺犯？」

「不，雖然感覺像兼差，但他確實靠偵探業維生。不過他每次都只透露一點點調查結果，想盡辦法榨乾委託人的錢，弄到人家身無分文，就算破產他也不在乎。」

「我找到了淺村偵探社的網頁，上面雖然註明公安委員會的偵探業認證編號，但根本是胡謅的。想聯絡他，也只能在網頁填寫表單。」

「利用ＣＧＩ程式（註），就不用公開電子郵件。從這種淺薄的知識看來，他未必熟悉科技。他單打獨鬥，說有公司也是假的。那種胡搞瞎搞的網頁，居然也騙得到人。」

「我查了很多名冊，都沒有看到淺村克久的名字，是假名吧？」

橋本說，「他平常好像是個有正經工作的老百姓，私生活應該很普通吧。」

「知道本名嗎？」

「不知道，住址跟電話也不知道。」

看來這就是全部收穫了。玲奈加快腳步說，「你之前做過的我就當沒看見，你就金盆洗手引退吧。」

橋本停下腳步，朝玲奈的背影怒吼，「開什麼玩笑！一個小丫頭別想對我頤指氣

註：ＣＧＩ（Common Gateway Interface）的中文為「共通閘道介面」，可以讓使用者透過輸入資料，傳送至伺服器，達到與網頁建置者溝通的效果。

使！」

明知這樣的爭執十分幼稚，玲奈卻還是忍不住跟這個愚蠢又頑劣的人起了衝突。意識到這點時，自己也已墮落到相同水準了。或許是不甘心，玲奈有點想哭。然而，這是她自己選擇的生存方式。

小巴士周圍形成人牆，下水道冒出的蒸氣如濃霧冉冉上升。玲奈邁開大步，穿過這混沌的一切。

7

進入須磨調查公司近兩年後，玲奈逐漸習慣了偵探業，也不再因調查方法而躊躇。離開壽地區後，她將口罩丟進路邊的垃圾桶，坐在神奈川縣廳前的長椅上使用手機。

橋本認爲，淺村對ＩＴ科技不熟，玲奈也有同感。伺服器上的ＣＧＩ程式確實只能用來處理資料，無法下載來源的資訊。但玲奈利用非法程式將整個網站完整下載下來，成功竊取了ＣＧＩ檔案，並在程式中找到郵件的送信地址。信箱地址的網域名稱註冊商是有線電視公司，服務地區爲東京的世田谷區和大田區。

淺村偵探社的網址是「Asamura-pi.jp」，網域和電子信箱不同，明明自稱法人，使用的卻是JP這種萬用型域名（註）。用JPRS WHOIS網站查詢域名，使用者名稱是成川彰，Registrant（註冊單位）則是成川彰的羅馬拼音Akira, Narikawa。既然淺村是單獨犯案，這很有可能就是他的本名。不過住址和電話被網域代管業者隱藏，並未公開。

玲奈依循偵探的辦事法則，打開不動產估價與查詢網站TAS-MAP。即使人名沒登錄在電話簿裡，只要利用這個網站的地價地圖搜尋功能，就能找出所有同名同姓者的住址。世田谷區沒有找到成川彰，大田區則只有一筆資料，住址是田園調布6－2－4的獨棟房屋。

在Google地圖輸入該住址，切換至街景模式。螢幕上出現寧靜的住宅區，畫面是兩年前拍攝的，只有這間是空地，看來是新成屋。

想要獲取更多內情，就必須知道電話號碼。網路上搜尋不到相關資料，看來確實沒有登記在電話簿裡，得換個地方調查才行。

玲奈走下階梯，進入地下鐵港未來線的日本大通站，乘坐擁擠的早晨通勤電車，在

註：「.jp」的域名申請門檻低，無論公司或個人都可以申請；而法人則通常會依其性質使用「co.jp」、「or.jp」、「ac.jp」等域名，申請門檻較「.jp」高。

澀谷站轉搭田園都市線，在三軒茶屋站下車。混雜在南口的洶湧人潮中，於八點半整抵達水道局世田谷營業所。

她前往剛開門營業的繳費櫃檯，表示自己忘了帶繳費單。職員遞出一張表格，玲奈在上面填入「成川彰」和「田園調布6－2－4」，職員不疑有他。雖然成川彰是男性的名字，但頂多只會認爲是家屬代爲辦理，窗口繳費不會確認本人身分。

職員用電腦查詢後看著螢幕說，我幫您確認了，您沒有尚未繳納的費用。

玲奈露出疑惑的表情，職員有些不耐煩地將螢幕轉向玲奈。玲奈對繳費欄沒興趣，她盯著電話號碼，暗自記下這串以03爲開頭的數字（註一）。

玲奈冷淡地道了謝，走出營業所。大約九點時，她走進一處人車稀少的小巷，先在手機上輸入「184（註二）」後，再播打剛才記下的號碼。

玲奈以公事公辦的口吻說，「您好，我是大田區公所課稅課的松田，要通知成川彰先生的住民稅已超過繳納期限。」

據橋本所言，成川彰平時有份正經工作，身爲獨棟房屋的戶長，應該也有貸款，很有可能是上班族。特別區民稅和都民稅都是由公司的會計部門徵收後繳納的，家人不會知道詳情。

接電話的女人困惑地說，「呃，我必須問問我先生才知道。」

是妻子。玲奈的語調不變，「方便的話，我可以直接向您先生的公司詢問，請問他在哪裡工作呢？」

板島商會股份有限公司，第一營業部，問到公司資料了。

結束和成川妻子的對話後，玲奈搜尋並撥打板島商會的電話，「請接第一營業部的成川彰先生。」

接電話的職員回答，「成川已經在去年十月離職了。」

這樣啊，玲奈說完便掛了電話。

成川對妻子隱瞞離職一事，妻子也沒有發現。竟然還能保持足夠的收入，表示他當偵探所賺的錢已經足以支撐家計了。正確來說，是自稱偵探的詐欺行爲。

玲奈朝車站走去。成川在妻子面前假裝出門上班，那麼只要守在他家附近，總會等到他回來。今天傍晚就要做個了結。

註一：03為東京的電話區碼。

註二：加上184再撥打電話，就能隱藏自己的號碼（台灣不適用）。

三月的太陽依舊下沉得早，黃昏的天空變幻莫測。原以爲優雅的夕照還能持續一會兒，轉瞬便被濃濃深藍呑沒。無數成群的小雲朵，也逐漸溶於闇夜之中。

田園調布6－2，新舊住宅沿著小巷弄混合林立，附近沒有商業設施，幾無人煙，但在路燈的照明下並不昏暗。一輛腳踏車自玲奈眼前悠然經過，帶來一陣由鍊條和輪胎交織出的輕微聲響，數秒後便恢復寂靜。

玲奈靠在電線桿上，眺望成川彰的家。占地約四十坪，陶磚外牆，是棟時尙的新成屋。沒有看到居家保全系統。車庫裡有一輛BMW3系列房車。門前庭院的花園燈朦朧亮著，一樓窗戶也透出亮光，窗簾上不時出現影子晃動。

玲奈在下午時就看過成川太太了。她出門購物後又返家，四十出頭，穿著鑲毛邊的羽絨外套，可能是專職家庭主婦。看來她過得頗爲寬裕，而這般奢侈的生活，則是建立在許多人的犧牲上。

玲奈聽到了腳步聲，應該是橡膠底的休閒鞋。然而自黑暗中出現的人影，卻意外穿著西裝和長大衣。一頭白髮，頭形略寬，長相頗具威嚴。給人的印象是個具有一定職位的上班族。

感覺快跟他對上眼了，玲奈自然地踏出步伐，和男人擦肩而過。再往前走一段路後轉彎，玲奈停下。男人的腳步聲消失了。

玲奈緊張地豎起耳朵，聽到鐵柵門打開的聲音。她躲在轉角後偷偷觀察。男人正要走進家門，他應該就是成川彰。他沒有注意到這邊的樣子，在傍晚時回家，就是要裝做從公司下班的樣子吧。

成川站在玄關門前，花園燈照亮著他的腳邊。雖然距離很遠，仍看得出是Dr. Martens的氣墊鞋。雖然是休閒鞋，乍看卻像皮鞋，和西裝搭配也很自然，確實是偵探業者的選擇。

無須再猶豫。玲奈戴上手套，快步走向前。鐵柵門沒有鎖，成川已經走進玄關，玲奈小跑步追上去，在門即將關上前，啪地將門大開，「淺村！」

站在鞋櫃前的成川猛然回頭，反應十分驚訝。但瞪大的雙眼倒沒有露出聽不懂的樣子，這個名字對他並不陌生。

玲奈說，「我是代替後藤清美來的。」

場面陷入沉默。成川不打算裝傻，他面向玲奈，默默關門，上鎖。

成川沒有詢問玲奈的身分，而是嘲弄地看著她。玲奈認爲那是虛張聲勢，只要情緒保持冷靜，就不怕橫生枝節。

這時，走廊傳來室內拖鞋的聲音，是成川的妻子。她邊用圍裙擦手，邊說「歡迎回來。」一看到玲奈，她的臉就沉了下來，「這位是?客人嗎？」她問先生。

成川沒有看向妻子，他持續盯著玲奈，對妻子說，「莉玖子，到裡面去。」

玲奈也看著成川。連瞄一眼莉玖子都不行，移開視線太危險了。但她感覺得出莉玖子並沒有離開，也沒有聽到拖鞋聲。

莉玖子仍站在原地，疑惑不解地問，「彰，她是誰?是公司的人嗎?」

或許是做妻子的無法對來訪的年輕女人視而不見吧，更何況現場的氣氛如此詭譎。莉玖子繼續追問，「彰，她到底是誰?」

「煩死了，」成川粗聲粗氣地說，「反正到裡面去就對了!」

場面瞬間緊繃，莉玖子閉上嘴，但依然沒有要離去的意思。

成川終於對玲奈開口，「妳有什麼目的?」

成川沒有裝傻，因爲若擺出一無所知的模樣而招來警察，可就麻煩了。玲奈也在某些違法偵探身上看過相同的反應。他們很清楚，一旦自家位置曝光，就無法輕易搪塞過去。接下來，他們一定會確認有無其他人知道秘密。

玲奈說，「去自首吧。」

「有人知道妳來這裡嗎？」

「沒有。」

倘若以「還有其他人知曉犯行」爲要脅，不肖偵探多半會屈服。只是在那種情況下，他們不會向警方供出所有罪責。必須要是自發性的悔悟，才會眞正全盤托出。

成川嘆氣，慢慢轉向鞋櫃，打開一個長型的櫃門，伸手進去。

他取出一根高爾夫球桿。成川的動作倏地敏捷起來，他高舉球桿，朝玲奈揮打下去。風切聲劃過耳邊，玲奈立刻用手防禦，但球桿還是直接落在手臂上，打擊的鈍痛由手肘竄向全身，玲奈當場跪下。

成川毫不留情地持續揮舞球桿，禁不住難忍的劇痛，玲奈倒地，手掌和臉頰貼在冰冷的玄關地面上。

莉玖子驚聲哀號，混亂地喊著，「彰，你在做什麼！快住手！」

成川並未住手。玲奈忍受著毆打，一邊翻身讓正面朝上。唯有這個姿勢，能讓後腦杓避開打擊。

但成川接著一腳踩住玲奈的胸部，加上自身體重，壓迫得玲奈難以呼吸。在她掙扎喘息時，成川再次將球桿瞄準玲奈的頭部，她好幾次沒能防禦，球桿就這樣重重打在額頭和臉頰上。鼓膜裡迴盪著重低音，出現疑似腦震盪的症狀。眼中看到的一切都變成重疊影像，嘔吐感和頭痛翻湧而上。

莉玖子的吶喊聲不斷傳進耳裡，尖叫逐漸轉變爲哭泣聲，「住手啊，爲什麼要打她？她到底是誰？」

倒在玄關的玲奈，努力將身體移進到高一階的室內。玄關十分狹窄，和室內的交界處有高低落差，球桿在這附近不好施力。打擊的力道緩了下來，玲奈趁機抓住成川的雙腳，用盡全身力氣猛然一拉，成川摔倒在地。

玲奈總算勉強爬起來，暈眩讓她失去平衡感，搖搖晃晃爬進走廊，腳上還穿著鞋。莉玖子縮成一團驚聲慘叫，玲奈從她身旁跑過，直往屋內去，成川也緊追在後。

一進門便是廚房，玲奈找起菜刀，在水槽附近看見一把，卻被衝進來的成川搶先一步奪得。

成川朝她揮舞菜刀，玲奈的手臂隨即被劃破，鮮血在眼前飛散。她往後退，以避開成川的突刺。

旁邊的客廳有個矮小的人影。一個男孩驚愕地呆站，年紀大約四、五歲，手裡拿著塑膠玩具。

男孩出聲喚道，「爸爸。」

成川滿頭大汗，肩膀因喘息上下起伏，他對兒子怒吼，「悠翔，到二樓去！不要下來！」

悠翔驚慌失措，輪流看著爸爸和玲奈。他帶著哭腔又喊了一聲「爸爸。」便哭了起來。

莉玖子表情痛苦地站在門邊，「必須趕快報警啊，快打一一〇！」

「不用！」成川吼道，「不准打給任何人！」

妻子高聲哭喊。成川一隻手緊緊箍著玲奈的脖子，另一隻手舉起菜刀，朝玲奈胸口揮去。

力氣不如男性時，近身接觸就是最好的反擊機會。玲奈抓起水槽裡的刨絲器，壓在成川手腕上，狠狠往下刮。

玲奈可以感覺到那連皮帶肉削下的觸感，血如霧般噴出，成川尖聲慘叫，但仍緊握菜刀。

莉玖子和悠翔始終在一旁大哭，玲奈並未因此動搖。她拿起醋瓶，將裡面的醋潑向成川的眼睛。強烈的刺激讓成川雙手掩面，無法睜開眼睛。

玲奈抓起研磨杵，打在成川小腿前方的脛骨上，手掌切實感受到反彈的強大力道。成川屈膝跪地，玲奈瞄準他耳後的顳骨乳突，不斷痛毆。攻擊這個部位，會造成運動機能麻痺。

成川倒地，玲奈繼續用研磨杵毆打他的太陽穴，這裡是可以讓他失去意識的致命點。成川終於慢慢放開握著菜刀的手，玲奈立刻奪過菜刀，遠遠丟向客廳另一端。成川全身癱軟在地，一動也不動了。

悠翔依然不斷抽泣，莉玖子顫巍巍地走近玲奈。

「住手吧。」莉玖子哭得鼻頭通紅，斗大的淚水還在不停滑落，「求求妳，不要再傷害彰了，拜託妳不要殺他。」

暈眩加重，或許是因爲內心動搖了。玲奈看著莉玖子，我也曾像她一樣，懇求對方的一絲慈悲。

但玲奈隨即否定了一切的情感，又有誰曾爲清美的生命乞求？成川雖然沒有直接下手，結果還是一樣的。

一冷靜下來，便察覺到手臂的疼痛。袖子被刀割裂，沾滿鮮血。

玲奈掃視廚房棚架，打開一罐砂糖，抓了一撮糖抹在手臂的割裂傷上。劇痛席捲而來，但她明白這總比不處理好。砂糖會吸收傷口滲出的各種體液，糖分則可以活化細胞，促進傷勢痊癒。

玲奈覺得口腔麻麻的。冰箱上方有口香糖，她打開包裝紙丟了一片到嘴裡，靠咀嚼強迫感官恢復正常。

玲奈一邊嚼著口香糖，同時拉出水槽的伸縮水龍頭，打開將水噴向地面。她自己的血也滴落些許。最好全都隨之流逝，她想。

地上汙濁的紅水漫延開來，多半都是成川流的血。莉玖子哭倒在丈夫身邊，膝蓋被水浸濕了也不起身。

玲奈沒有對她說話。她離開廚房，往二樓走去。

她觀察整個樓層，眼光停在其中一個房間。木紋書桌配上黑皮革扶手椅，想必是成川的書房。玲奈走進去。

房間已經整理過，書架上只有一般書籍，沒有偵探業相關的資料。

她拉拉書桌的抽屜，上鎖了。

爲了尋找開鎖方法，玲奈打開衣櫥，發現一瓶服裝專用冷卻噴霧。

玲奈走回桌前，取出嘴裡的口香糖，塞進鑰匙孔裡。多餘的部分就扯下來，放入口袋。將桌上的迴紋針拉直，形成細針狀，再插入鑰匙孔裡的口香糖。最後用冷卻噴霧對著鑰匙孔噴。

家具用的鎖構造較單純，口香糖在鑰匙孔裡結凍變硬，玲奈扭轉細針，鎖應聲彈開。

她將細針連同口香糖拔出，收進口袋，接著打開抽屜。各種照片和筆記紙捆成一束，照片從畫面看來全是偷拍的，場景不是餐廳就是愛情賓館的入口，男人女人的臉都照得很清楚。就算外行人，也看得出這是偵探拍的。

筆記裡寫著頗爲具體的跟蹤及監視紀錄，目標對象的本名是手寫的。裡面包括梅宮亮平的背景調查紀錄，時間是三個月前。成川早就掌握梅宮劈腿的事實，卻只願意對清美透露一點點。

有近百張淺村克久的名片，印著「淺村偵探社董事長」。玲奈用手機搜尋名片上的住址，實際上並不存在，電話號碼亦是。

玲奈打開窗戶，將照片、文件和名片全撒向庭院。紙片在空中翩翩飛舞，有幾張文件甚至飄到鄰居的用地裡。

在警察趕到前，那個妻子是來不及撿回它們了。要讓警察直接看到證據，這是最有效的方法。

玲奈離開書房，走下樓梯。正要往玄關去時，她感覺到背後有股異樣的氣息。

悠翔抽抽噎噎地邊哭邊站起身，一雙通紅的眼睛直瞪玲奈，手裡握著菜刀。

玲奈慢慢靠過去。悠翔雖然十分害怕，仍緊握菜刀，指向玲奈。

複雜的情感在心中蔓生，但玲奈不想再深入思考。幾乎是任憑衝動反射，玲奈猛然一巴掌揮在悠翔臉上。悠翔跌倒在地，菜刀飛到玄關處，他放聲大哭起來。

走廊裡也傳出哭聲，莉玖子癱坐在廚房門口，「住手啊，不要傷害悠翔，我什麼都可以給妳，拜託放過我們！」

玲奈沉默地佇立原地。令人崩潰的孤寂，如利爪撕裂著她的胸口。

不想再待下去了。玲奈撿起菜刀，在鞋櫃裡看見一支粗短的ＬＥＤ手電筒。應該是爲不時之需準備的。她抓起手電筒，打開玄關門走了出去。室外冰冷的空氣撲面而來。她將菜刀丟在庭院，走進夜間的巷弄。在路燈的照耀下，這一帶十分明亮。

玲奈打開手電筒，照向路燈上的感應器，讓感應器誤以爲現在是白天。周圍的路燈瞬間同時熄滅，頓時有如停電般漆黑。

還要五分鐘，路燈才會重新亮起。在一片黑暗中，就算與誰擦肩而過，對方也不會看到她的長相，瘀青和出血也不會引人注目。

當然，成川的妻子不算在內。無所謂，玲奈想。

她隨意丟下手電筒，脫掉手套。擦去臉上的血跡，走向車站。她此時才突然感到寒冷，從背後吹來的風，似乎還能聽見兩人的哭喊聲。玲奈慢慢走著。凍寒的夜晚即將來臨，春天還很遙遠，而她也不特別期待。

8

過了深夜十一點，琴葉正在已熄燈的須磨調查公司。

辦公室裡只有三人。唯一光源是明滅閃動的電視螢幕，替室內的幽暗增添一分迷幻色調。桐嶋雙臂交叉抱胸，盯著畫面看。玲奈一手拿著冰敷枕，貼在臉頰上舒緩腫脹。就某種角度來說，這也是一如往常的辦公室風景。

玲奈連衣服也沒換，仍穿著那件袖子被割裂的洋裝，手臂上的繃帶隱約滲出斑斑血色。在琴葉每天悉心照顧下，額頭先前的傷口才正要變得不明顯，如今又多了新的挫傷。玲奈垂下劉海，遮掩瘀黑的內出血。

琴葉很想哭。她想相信，終有一天她們會脫離這樣的日常生活。因爲明白自己能做的唯有祈禱，難以言喻的無力感便更加折磨內心。

桐嶋首先打破這漫長的沉默。他上身前傾，「開始了。」

電視開始播放深夜新聞。夜晚住宅區的一間嶄新獨棟房屋，庭院被黃色封鎖線圍繞起來，藍色制服的鑑識課員四處走動。頭條標題寫著「非法偵探遭到逮捕」。

琴葉不禁放下心來，輕呼了口氣。桐嶋提過，如果新聞標題是「女子侵入民宅施暴」，就表示那是警方的正式發表，接下來八成會有一大群調查員持搜索票衝進來吧。

主播念著新聞稿，「五十六歲的嫌犯成川彰，是住在大田區的前上班族。警方認爲，他以虛構的偵探社社長『淺村克久』的名義，在未向神奈川縣公安委員會提出營業申請的狀況下，從事偵探行業。二十六歲的後藤清美小姐，昨晚在都內遭卡車撞擊死亡，成川除了涉嫌恐嚇後藤小姐外，也涉嫌詐騙多位委託人，向他們收取非法的費用。」

接下來才提及在整起事件中理當更嚴重的暴力部分。主播繼續說，「另外，嫌犯成川的住家在今天傍晚遭不明人士入侵，使得成川目前陷入昏迷，且有生命危險。關於這起案件，警方正在調查其中關連。」

新聞到此為止。琴葉一放鬆下來，忍不住就要熱淚盈眶。和桐嶋說的一樣，警察的發表內容就和企業的新聞稿一樣，通篇使用對自己有利的說法。他們可沒辦法承認，警方是因為入侵者撒在庭院的證據，才得以發現成川的犯行。再怎麼樣，也得塑造出「成川是警方長期以來的調查對象」的感覺才行。如果同時發生「逃亡」與「逮捕」事件，就要優先強調「逮捕」。只有在媒體持續追擊下，警方發表的內容才可能不再矯飾、貼近眞相。

然而，桐嶋卻仍然僵著臉。他拿遙控器關掉電視，室內頓時暗了下來。城市的燈火從百葉窗間隙穿透進來，人臉的輪廓得以隱約浮現。

桐嶋開口，「居然被對方妻子看到妳的長相，如果她出面作證怎麼辦？」

三人一陣靜默。玲奈低下頭，悄聲回答，「到時再說。」

桐嶋生氣了，「什麼叫到時再說？為了這個特地甩掉搜查一課的跟蹤，到底在做什麼？妳不是想追查澤柳菜菜嗎？明明知道之後警方更會加強監視，還跑去毆打毫無關係的詐欺犯。」

玲奈憂鬱地說，「就算只減少一個不肖偵探，這個世界多少也能變好一點。」

桐嶋深深嘆了口氣，「開什麼玩笑。所以我們還比較積極在追查澤柳菜菜嗎？」

對於桐嶋尖銳的口吻，琴葉總覺得其中另有深意。她想桐嶋是把這件事，和他自身的行爲連結在一起了。

成川拖延交給委託人的報告，桐嶋也做了相同的事。桐嶋認爲，對說謊的委託人騙錢也無所謂，這就是他和成川的差異。他也口頭暗示過，反偵探課會對公司自己人放水。

只要玲奈只追蹤澤柳菜菜一個人，就不怕被人說話。桐嶋想強迫玲奈專心調查，不要左顧右盼，或許他也怕自己被玲奈盯上吧。

桐嶋看來完全不介意琴葉對他的的猜疑。他起身走到窗邊，「昨天我們去見了宇佐美秋子。她不是裝的，是眞的精神不正常。」

玲奈的聲音很小，彷彿被掐著喉頭，「她之前說的不用聯絡，是什麼意思？」

「至少指的不是心電感應。」桐嶋一臉正經地說，「感覺她如果招供的話，會發生很恐怖的後果，比妳的球棒還要恐怖。澤柳菜菜是影響力這麼大的女人嗎？」

門鈴聲響起，琴葉嚇了一跳。她看向對講機，小螢幕裡的畫面是一樓入口，站著一名穿西裝打領帶、年約半百的男子。

桐嶋看也沒看對講機，「客人上門了，動作眞快。」

玲奈站起來，從容地走向置物櫃，從各式各樣用於跟蹤行動的舊衣服中，拉出一件羽絨外套。她一邊穿上外套，一邊往辦公室外的走廊走去。

琴葉了解這番行動的意思，必須當玲奈不在這裡。警察應該監視著這棟大樓，但她沒有從正門進來，而是突然出現在辦公室的，以前也發生過幾次相同情形。

桐嶋慢慢走向對講機，按下按鈕，「您好。」

寧靜的空間中，響起男人毫不客氣的快活嗓音，「不好意思這麼晚來訪，我知道現在已經超過營業時間，不過剛剛看到社長室的窗戶還亮著。我是警視廳的坂東，須磨先生在嗎？」

「請進。」桐嶋語氣平淡地操作對講機，畫面中上了鎖的自動門滑開。自稱坂東的男人走進門，消失在畫面之外。

桐嶋壓低聲音交代琴葉，「帶客人進來後，我們就先離開吧，交給社長處理我還比較放心。」

琴葉贊成他的提議。光是想像自己被扯進和警方相關人士的對話，她就不寒而慄。她完全沒自信能裝得若無其事。

想到可以回家，琴葉就安心了，不過她還有一件事沒處理。琴葉心想，此時不問更待何時。「那個，桐嶋前輩。」

「什麼事？」

要當面詢問對方的想法，讓她有些緊張。不過她選擇坦然表露自己的依賴心，下定決心說出眞心話，「我以後也可以依賴桐嶋前輩嗎？不只是偵探工作，我也想跟前輩學習做人的方法。」

琴葉留心著說話要直率並且合乎常理。希望這裡也能像一間普通公司，有著健全的上下關係。她看著桐嶋，眼神帶著這番期望。

「喔，好啊。」桐嶋乾脆答應，「雖然我只會教妳不良跟不道德的行爲。」

桐嶋的語氣毫無一絲玩笑之意，也並非誇大其辭。他說得如此自然，彷彿這些行爲對這間公司的職員來說都是理所當然。桐嶋淡漠的目光從琴葉身上移開，轉身離去。

茫然空虛的悲哀與不安，籠罩著琴葉的心，宛如一望無際的荒涼沙漠折磨著她。然而，我已經沒有其他容身之地了，她想。

9

須磨康臣望著這個與自己年齡相仿的男人。鼻翼兩側向下刻出兩條深深的皺紋，前額髮線後退，一頭灰髮也幾近全白。

他端正地坐在社長室的辦公椅上，隔著桌子面向來客。桐嶋帶領訪客進來後，就先離開了，琴葉也返回員工宿舍所在的公寓。現在不僅這個房間，連整棟大樓都只剩他們兩人——須磨打算營造這個假象。他知道這位訪客一定會懷疑的。

根據法律規定，偵探事務所有義務配合警方入內調查，但僅限於這個樓層，若沒有住宅搜索票，就不能搜查大樓的其他地方。

坂東志郎警部坐在沙發上，用如同往常的隨興語氣說，「好久沒跟須磨先生見面了。」

「是啊。」須磨回，「都過八年了嗎？」

「這裡也不一樣了，公司還改成『須磨調查公司』這麼有趣的名字。原本想叫我們的船瀨、長谷部、中島跟野仲一起來的，不巧他們正在忙啊。」

「我只聽過這些人的名字，你想召集其他係長、主任過來嗎？」

「以目前情況來說，確實已經動員很多人力。不過站在警視廳的立場，也不希望人手一直被瓜分掉。上面大概想說既然要派人來，乾脆就找我這個須磨先生的舊識。」

「資深警部大人大駕光臨，看來應該有很重要的事要諮詢吧。」

坂東苦笑，「諮詢？」他嘀咕，「我是委託人嗎？也好，希望你可以乾脆回答。紗崎玲奈人在哪裡？」

「現在是下班時間，我無權干涉她的私生活，本公司原則上也禁止下班時間的額外工作。」

偵探事務所還說得那麼好聽。坂東露出不屑的神情，輕哼一聲，「所以她上班時間就會進公司嗎？」

「我們公司的作風很自由，調查活動都按員工自己喜歡安排，我不知道他們會在哪裡做什麼事。」

「眞虧你還能經營這個公司。」坂東嘆了口氣，端正姿勢，「我來這裡之前，剛去見了成川彰的妻子。」

「誰？」

「你是說你還沒看到新聞嗎？我請她確認過紗崎玲奈的大頭照，只是想再更肯定一點，所以想請她本人露個面。」

須磨認爲這是文字遊戲。「請她確認過」、「想再肯定一點」，彷彿暗示目擊者已經指認照片中的人就是犯人。須磨覺得自己被小看了。「那個誰的妻子，看到玲奈的照片後怎麼說？」

「就是爲了再讓她肯定一點，才要跟本人見面。」

「你覺得用這種模糊不清的說法，就可以威脅到我嗎？如果你不想說，我只要查出這個成川彰的電話，自己問他太太就知道了。接下來還要談什麼，就等那之後再說，無論要等幾天。」

坂東收回親切的態度，「根據偵探業法，在公安委員會的要求下，你們必須交出全部的調查內容。我有自信可以事後獲得許可，乾脆現在就在這裡扣押所有文件吧？」

「想帶多少回去請自便，順便連垃圾也幫忙丟一下吧？垃圾場就在你們便衣警車蹲點位置的斜前方。」

「看來這裡沒有可以讓你露出馬腳的證據。雖然你主張自己沒什麼好心虛的，但在我看來這就是極度不配合警方。」

「原因不用說也知道吧。」

「你還眞是固執。」既然積極出擊沒用，就先以退爲進，坂東的做法相當基本，「成川的妻子確實沒有指認紗崎玲奈是襲擊事件的犯人。撒在庭院裡的東西很有效，成川因爲重傷命危送醫，轄區警署的値班警察就改問他妻子，知不知道那些照片和文件。等搜查一課的人趕到時，那個妻子已經察覺到丈夫的眞實身分，不願意再多說一句了。兒子也一樣。」

眞是遺憾哪，須磨的語氣隨便，但可沒有大意。「她完全不知道發生了什麼事，等看到明天早上的新聞，她應該就會比較理解狀況了。」

「不過奇怪的是，後來那個妻子說，犯人是一個胖男人。兒子則說是女的，但是個很醜的老女人。兩邊說法差太多了，他們都想迴避事實。如果眞相是一個年輕漂亮的女人，那這一切矛盾就合理了，你不覺得嗎？」

「不覺得，眞正的偵探可不玩什麼推理遊戲。」

坂東深深坐進沙發裡叨念著，「不愧是資歷豐富，卻毫無前科的須磨先生。我猜，須磨ＰＩ學校大概有一些特殊課程吧？專門開給老師喜歡的優等生，傾力傳授他們各種非法手段，比如桐嶋颯太和紗崎玲奈。」

「雖然我每次都這麼問，不過現場是否找到了任何指紋？」

「等成川恢復意識，警方就會訊問他。我可不會讓他像窪塚一樣。」

「殺了他的是警方吧。」

「聽好了，」坂東筆直盯著須磨，「所謂的反偵探課，已經超出民事諮詢的範圍了。應該不用我搬出刑法第二二〇條，如果你們以爲自己有權力懲罰其他同業，那就是天大的誤會了。這間公司跟黑道、灰道有何不同？你們的目的到底是什麼？」

「處理家庭糾紛、尋找離家出走的人、預防債務相關的犯罪，替人們的生活做出貢獻，尊重個人隱私，誠實盡責。需要給你一份簡介嗎？」

坂東雙眼怒睜，神情僵硬。「免了。」他丟下這句，慢慢起身，招呼也不打就直接走向門口。

雖然無禮，但在這個情況下也算無可厚非。須磨卻有些在意，總覺得坂東走得太乾脆。他拉開抽屜，取出一台像對講機的機器。那是WCH-350X，配備雙天線和二點五吋液晶螢幕。須磨打開電源，跟在坂東後面。

前往電梯一定會經過辦公室。須磨手上機器螢幕的圖形跳動著，他從旁邊的書架上，抽出一個筆記本大小、不起眼的小盒子。

他追上坂東，來到短廊終點的電梯前。坂東按下按鈕，走進電梯，轉身面向電梯門時，須磨將小盒子去給他。

「你有東西忘了。」須磨說，「別再用5GHz的，頻率很容易攔截。」

坂東無計可施地瞪著他，電梯門關上。

電梯往下，須磨關閉無線針孔攝影機偵測器。坂東大概是在進入社長室之前動手腳的，所謂警察會守法，不過只是表面的漂亮話。

須磨感到一陣鬱悶的倦怠。突然和一個他永遠不想再見的人見了面，光是兩人可以站在一起說話，就已經是奇蹟了。

他的視線自然飄向樓梯，心想有件事必須告訴玲奈。

10

頂樓上，夜晚的天空廣闊無垠。這一帶寂靜無風，但冷空氣依舊刺激著皮膚。寒氣貼在臉頰上，鼻孔隱隱作痛。須磨想，先穿上大衣真是對了。

玲奈穿著羽絨外套，面無表情地佇立著。她的臉就如平時一般悽慘，肌膚蒼白，毫無生氣。

須磨走近欄竿，黑暗的另一端有團鮮豔閃爍的光，是新橋町的燈火。他望著那彷彿觸手可及的光景，接著目光移向下方，在寂靜的大樓與大樓間，停著一輛房車。須磨拿出他帶上來的望遠鏡觀察。

是日產Skyline V36型，車頂上有個專供警燈用的小開口。負責徹夜監視的應該不是坂東，而是某個重大案件班的年輕人吧。車體後方沒有排出白煙，在這種氣溫下也沒啓動引擎，「無論日夜都要不可讓引擎空轉」是他們的行事準則。當然，一旦被發現就沒意義了。

須磨開口，「在日本，無論有任何理由，與他人之間的相互暴力行爲都適用於鬥毆罪，可被判六個月以上兩年以下的徒刑。不用說還有傷害罪跟侵入住宅罪，這些刑期都會往上加。」

但事到如今，他也不覺得玲奈還會在意那些事，而玲奈也確實緘默不語。

須磨轉頭注視玲奈，忍不住質問，「妳想因爲對付澤柳菜菜以外的不肖偵探，而被送進監獄嗎？要是有了前科，我是沒辦法立刻讓妳重回偵探工作的。」

玲奈似乎微微垂下頭，呼吸隨著細小的言語化爲白煙，「我知道自己給大家造成麻煩了。」

須磨讀出了玲奈話語背後的眞意，「所以妳就打算自己單槍匹馬復仇嗎？不要太自以爲是了。連警察都查不到澤柳的行蹤，妳還覺得單憑自己就能揪出她來，驕傲也該有個限度。」

話音方落，玲奈的眼眶便突然冒出淚珠。膨脹的淚珠超越表面張力，滑下臉龐，畫出一條水痕後靜靜滴落。

須磨沉默地看著這樣的玲奈，之前也曾看她這般哭過。那是在夜晚的汐留站附近，義大利街的某間咖啡廳露臺。當時她還未成年，到現在不過四年而已，如今玲奈也只有二十二歲。須磨心想由於她超齡的知識和堅毅，很容易便忘了這點。

須磨沒辦法嚴厲責備她。他從一開始就知道，不該產生移情作用。事態至此，也已經不是能放棄的問題了，宛如身陷泥淖。老實說，當初根本沒想到事情會發展到這個程度。

即使如此，我若是表現出動搖或想逃避責任，玲奈就會立刻陷入迷惘。雖然我不是那種會體貼部下的個性，但還是必須對她表達關心才行。

須磨沉穩地說，「妳是我們公司的員工，只要盡量利用公司的調查資源就好了。澤柳菜菜是非法偵探，紗崎玲奈是反偵探課的偵探，這是正當職務。」

玲奈看向須磨，濡濕的眼眶裡逞強和困惑交雜著。玲奈稍微別開視線，小聲地說，

「謝謝。」

把感謝說出口，對她來說是難得的坦率。若非心理上被逼迫到一定程度，她是不會這樣的，或許就是現在吧。

須磨問，「妳看過澤柳菜菜的資料了吧？」

玲奈點頭，聲音已恢復平靜，「我放在宿舍裡。」

早在之前，須磨就已經有一份標題爲「澤柳菜菜」的資料了。只不過，當時之所以製作這份調查紀錄，並非要警戒她是不肖偵探，而是起源於另一項完全不相關的委託。

雖然尚未對媒體公布，但警視廳也把名爲澤柳菜菜女性視爲調查對象，但他們應該也沒有把她當做偵探業者。

將近兩年前，發生一起男子在結婚後隨即死亡的事件。男子家屬認爲他的妻子有可疑之處，但警察卻不把他們當一回事，只好來委託須磨調查。

原本須磨並不想插手民事以外的案件，但這名男子的情況特殊。高中畢業後，他就一直繭居在家，既不打算找工作，打工也做不久。他這番典型的啃老尼特族生活，卻突

然在某一天戛然而止。他曾經在很久以前隨意買過比特幣，如今價格翻漲。雖然父母並未認眞看待這件事，但他當年以三千五百圓買進的比特幣，價值已超過兩千萬圓。

無論是他賺進一筆財富，還是他何時決定結婚，雙親都一無所知。他省略婚禮直接登記，在距離自家有一段路程的出租公寓展開新生活。然而就在僅僅八天後，男子就死亡了。死因是溺死，判斷是在洗澡時某種症狀發作，沉入浴缸溺斃。妻子當時人正外出，因此有不在場證明，免除嫌疑。

這名妻子正是澤柳菜菜，當時二十七歲。由於她成了寡婦，瞬間繼承大量遺產，當時正值比特幣的熱潮，就算不經由交易所直接賣給買家，也能全數換成現金。

須磨原本認爲那是澤柳菜菜第一次結婚，但一展開調查後，立刻發現意料之外的事實。澤柳過去曾有過婚姻紀錄，而且有六次之多，丈夫全都死亡。每次澤柳都是透過只遷移戶籍地、不轉移夫妻關係註記的方式，將自己僞造成未婚者。須磨找到她的除籍簿，所有遷籍前的紀錄都保留在這裡。

警方似乎也發現到同一件事，開始展開極機密的調查行動。須磨到各處調查時，經常會碰上調查員。他雖然對警視廳的人沒什麼好感，但在轄區警察裡倒是有不少人脈，這是交換情報的好機會。

澤柳第一次結婚，是在二十歲左右。考慮到女性離婚後的半年內不得再婚，她這幾年來應該都持續參加相親活動，而且奇怪的是那些結婚對象的類型。

每一個對象都是沒有朋友、閉門不出的繭居族，擁有御宅族類的興趣、也不注重打扮。他們雖然生活簡樸，卻都是不爲人知的有錢人。這些人靠著繼承遺產等各種方式，各自累積了少則兩千萬，多則八千萬圓的儲蓄。或許是不擅言詞，他們不會對外炫耀，因此附近鄰居都不知道他們其實十分富裕。

澤柳不知從何得知內情，專挑這些男人接近。推測他們應該是透過網路認識的，不過男方多半都沒有和女性交往的經驗，因此面對澤柳的攻勢，每個人都輕易淪陷了。不舉行結婚儀式、瞞著親友登記的步驟也全都一樣。這些丈夫的死因有意外、病逝、自殺等等各不相同，然而不但無人懷疑妻子，她甚至還備受同情。

所有的丈夫都沒有加保壽險，如果妻子是保險金受益人，犯行應該會更早曝光。這些被害者，全都是在獲得大筆財產後，立即認識澤柳。這些沒有女人緣的男人，在發現金錢可以替男性魅力加分之前，澤柳就已搶先一步接近他們。讓他們體驗戀愛的歡喜與甜美，擄獲他們的心。

澤柳的情報從何而來？這是調查相關人員和須磨碰上的最大謎題。調查窒礙難行，澤柳的行蹤尚未查明，就已過了容許範圍的調查期限。須磨只能向委託人低頭道歉，成了他苦澀的回憶之一。

直到今日，終於出現了新進展。野放圖的成員宇佐美秋子說，澤柳菜菜是偵探，本身就是具備調查能力的人。

由屋頂延伸出去的闇夜中，隱約浮現高樓大廈的輪廓，紅色的航空警示燈規律閃動。

須磨說，「關於澤柳菜菜背後的偵探身分，我再次確認過可能性。不肖偵探業者會在秘密留言板上回覆文章，或用電子郵件聯絡潛在客戶，自我推銷。譬如想對國中小學時代的霸凌者報仇的人，就是重要的顧客。有些心如槁木死灰的男人，也會在留言板上訴說過去的辛酸。」

被霸凌過的人長大後，成功躋身富裕階層的行列。倘若靠的是自己腳踏實地賺來的錢，那心智也應有所成長，不會想到要向當年的霸凌者報仇。然而若是一個心靈不成熟的人，偶然獲得一大筆意外之財，金錢就會成爲他發洩鬱積怨念的武器。這些委託不肖偵探報復霸凌者的人，往往在社會上遭到孤立，在家庭中缺乏關心，且擁有相當程度的積蓄。

玲奈說，「我認爲澤柳承接以復仇爲目標的跟蹤任務前，一定會先調查委託人的財力。」

須磨同意，「澤柳的偵探能力在那個圈子已經建立口碑了，難怪『野放圖』會找上她。」

玲奈面色一沉，目光下垂，「如果是女性偵探，連男性不方便進入跟蹤的場所也能暢行無阻。」

兩人陷入短暫沉默。須磨看著玲奈，她應該正在想妹妹的事吧。對跟蹤狂的被害者來說，通常不會想到代替犯人出動的竟是女性。紗崎咲良或許已經十分小心了，無奈偵探的眞面目出乎常識所料。

澤柳如此年輕，究竟從何處學到偵探技巧？須磨腦中突然閃過「姥妙」這個名字。這般不擇手段的卑鄙心性，很像那名精神科醫師奉行的準則，不過現階段還無法確認。

須磨開口，「關於澤柳的事，前陣子我才剛跟妳說過，可以『殺了她』。現在我依然認爲，她是個死有應得的垃圾，但並不是希望妳因此成爲殺人犯，讓她在社會上無法生存就十分足夠了。」

玲奈迎向須磨的目光，「我當時已經回答過，我說『我明白了』。」

他曾見過這個獨特的眼神，訴說著慨然赴義的決絕，他也看習慣她臉上的瘀青和傷口了。

我改變了這個女孩的人生，須磨再次領悟到這件事。她大概認爲一切都是她自己的意志吧，但引導她走上這條路的人，毫無疑問是自己。

澤柳菜菜的行蹤全無頭緒，最後一個居住地也沒留下一點痕跡。既然有戶籍，用的也是本名，卻完全找不到她或父母親友的所在地，實在令人想不透。

還好除了名字之外，至少還有一點點線索，須磨已經交給玲奈了。

「紗崎，」須磨說，「黑人網球選手亞瑟．艾許（Arthur Ashe）曾說……」

「從足下之地開始，用你所有，盡你所能。」玲奈面無表情地早須磨一步說出，「這就是我在做的。」

須磨不禁莞爾。說起來，她也曾是升學學校的優等生。

玲奈毅然轉身離開，跑過整個屋頂，在西南側的角落停下。她起跑的姿態，彷彿讓人見到當年在新體操社時的身影。她爬到外側，腳一蹬圍欄，縱身跳下。

這裡和隔壁大樓相距兩公尺以上，對面屋頂也頗有高度，但玲奈仍輕鬆跳了過去，頭也不回地離去。須磨也不替她擔心，這就是平常她下班的方式。

須磨以望遠鏡確認下方道路，便衣警車依然停在原位，似乎沒有察覺任何異狀。空氣冷冽，須磨朝著樓梯間走去。這冷到骨子裡的寒氣，也與平時無異，他在心中低喃。

11

雖然已過了午夜十二點，琴葉還是敵不過飢餓。她到廚房做起歐姆蛋，中途玲奈回來了。玲奈進房間換上T恤，一言不發地走到琴葉旁邊，洗手後開始幫忙。

回到公寓時，玲奈先在一樓大門按電鈴，琴葉再幫她解鎖，每次回家都是這樣。就算和警察對上眼，她似乎也無所謂。畢竟，警方在意的是她在白天的行蹤和行動。

琴葉舀起一些沙拉油，灑在平底鍋上，加入蔬菜和法蘭克福香腸拌炒，再灑上胡椒鹽。

玲奈敲破蛋殼，將蛋黃蛋白倒進碗裡，然後她突然停下動作。其中一顆蛋殼的縫隙中，露出蛋白光滑的表面。

「啊。」琴葉輕喊，「冰箱放比較裡面的是水煮蛋。」

玲奈於是剝去蛋殼，撕下蛋殼裡薄膜，敷在手臂的割裂傷上。她之前也做過相同的事，似乎有加速傷口痊癒的效果。

玲奈出聲問，「和姊姊聯絡了嗎？」

心臟彷彿被什麼堅硬的物體擊中，琴葉回答，「沒有，電話號碼跟郵件信箱好像都換了，也退出ＬＩＮＥ了。」

她知道姊姊離婚了，是媽媽在電話裡哭著說的。原先的公寓只剩下前夫哲哉單獨居住，姊姊現在大概在東京某處吧，她知道的就這麼多。

桐嶋提過，如果她不介意，可以在工作時順便幫她找尋姊姊下落，但琴葉拒絕了。靠須磨調查公司的本事，八成很快就找到了，所以她才更不想拜託桐嶋。

定時器的響聲打斷琴葉的思路。她將炒過的食材盛到盤子上，把平底鍋拿去洗。兩人之間依舊沉默。

片刻後，琴葉耳邊才傳來玲奈的聲音，「因爲我的關係才……」

「別說了。」琴葉斷然制止。想不到自己脫口而出的口氣，竟如此強烈。

玲奈抬眼看著琴葉，眼裡浮現隱約的憂傷。

琴葉感受到內心的動搖，她不禁思考起其中含意。我不想看到玲奈這樣自責，我希望玲奈成爲我做了正確選擇的證明，如此而已。

話說回來，自己也不可能去責備玲奈。琴葉坦率說出想法，「我原本不知道姊姊是什麼樣的人，後來知道了，就這樣而已。我進了想進的公司，和玲奈姊在一起，我完全不後悔。」

沉默令人難受。琴葉拿起洗好的平底鍋，又重新倒上沙拉油。

玲奈繼續端詳著琴葉，一會兒後才又垂下視線。她用叉子打起碗裡的蛋，將叉子的正面朝上，像切東西一樣攪拌，比用打蛋器更有效率。

琴葉正要接過碗時，手指碰觸到玲奈的指尖。心臟宛如警鐘大力敲響，兩人同時停止動作。琴葉抬起頭，發現玲奈也正望著她。玲奈的眼神和平時的沉著有些不同，充滿哀傷，泛著些許水氣。

心情一陣混亂，沒法理出頭緒。琴葉感受到臉頰如火燒般的奇妙炙熱，她將碗裡的蛋液倒進平底鍋，再放入先前炒過的食材，加蓋以中火煎煮。

琴葉想冷靜下來，卻總有一個念頭緊緊揪著胸口。像這樣的時刻，總有一天會消失。

到目前爲止，還沒有能夠證明玲奈有罪的證物或證詞，但不知道這個平衡哪天會被打破。若是原本害怕玲奈而緘口不言的人改變了心意，或是昏迷的人恢復意識，都有可能粉碎一切。

玲奈現在也背了許多罪。就算她的行動再怎麼高明，總有一天會被逮捕。而她一定也很清楚，只是暫時拖著一切，直到成功替妹妹復仇。

至於那之後的人生，玲奈應該沒有思考過，她看起來已經有所覺悟了。

琴葉努力不再想下去，但已經到了極限。玲奈正毫不猶豫地邁向毀滅，而自己一直和她在一起，卻什麼也做不了，無法忍受了。

琴葉突然扔掉廚具，緊緊抱住玲奈。

玲奈嚇一跳的感覺好可愛。明明平常都毫無破綻，在自己面前卻會卸下防心。這樣的玲奈實在是太可愛了。

琴葉眞實感受著玲奈的體溫與柔軟肌膚，胸口鬱滯的哀傷醞釀著，回過神時已淚水盈眶。

「玲奈姊。」琴葉傾吐心聲，「等找到『死神』、找到澤柳，應該就夠了吧？剩下的就交給警察吧！不再做反偵探課的工作，改做其他工作，像品行調查、外遇調查都可以。不對，只要當偵探就會一直做犯法的事，也會被世人厭惡。我們可以一起離職，結束這一切。」

鍋蓋下噴出的蒸氣舞動著奇妙的節奏，這般無意義的聲響，反而更吸引聽覺注意。

玲奈低喃，「以後的事，我不知道。」

「騙人。」琴葉哭著訴說，「求求妳，失去姊姊之後，我只剩下玲奈姊了，不要丟下我一人。」

她想強調自己和失去妹妹的玲奈境遇相同，但說不出口。紗崎咲良已經死去，而琴葉的姊姊彩音不過是行蹤不明而已，人依然活生生的。對玲奈來說，兩者不能相提並論吧，也難以和琴葉彼此理解。

然而，琴葉還是想成爲玲奈的咲良，也希望玲奈成爲琴葉心中的彩音。成爲她原本沒有的，毫不瘋狂、有時還會顯露溫柔的姊姊。只要玲奈願意，其他的一切琴葉都不需要。

但不知爲何，玲奈的身體卻微微顫抖著。琴葉看著玲奈的臉龐，不禁訝然，玲奈居然在哭。

「我不知道啊。」玲奈雙頰赤紅，斗大的淚珠不斷滑落，有些激動地說了起來，「我眞的不知道。每次碰到非法業者，我都想說，這次一定要說服對方改過自新。可是區區一個女人，別人根本就不看在眼裡，懶得聽我說話，如果沒有警察，就對我拳打腳踢。等我回過神來，才發現自己只能爲了活命拚盡全力。」

玲奈重重地喘息著，但她的感情似乎已在這短短時間內發洩完畢。她再度拭去眼淚，很快便恢復平靜。

琴葉又擔心起來了，「玲奈姊。」

玲奈靜靜地說，「剛才說的，就那麼辦。」

「咦？」琴葉一驚。

「我說就那麼辦。」玲奈平靜地說，「我們會一直在一起。」

眞是乾脆的回答，反而令人起疑。但琴葉害怕陷在空白的情緒裡，她不想就這樣被異常的感覺吞噬。刻意無視心中的疑惑，對一切全盤接受，這樣又有何過錯？

琴葉露出微笑，對玲奈也對自己表現喜悅。

她轉回平底鍋前，「差不多可以起鍋了。」

她又從眼角瞄到低下頭的玲奈。琴葉不想再深究，掀開鍋蓋，蒸氣湧出，微焦的歐姆蛋大功告成。眼睛受到刺激，淚水模糊著視線。好溫暖，但願所有的悲傷，都消溶於蒸騰熱氣中。

在這不眠之夜，玲奈思考著所謂的「約定」。

窪塚的女兒柚希笑著對她說，「來教學參觀日嘛。」而自己答應了。「我答應妳。」自己是這麼回的。

看輕約定的意義，是成爲偵探的第一步，現在她依然認同這點。人類只要相信彼此的承諾，就會產生弱點，容易洩漏秘密。對偵探而言，不帶感情就是如此方便的工具。「約定」這種謊言，等同魔法的咒文。

自己和琴葉約定了。就像當時的柚希，琴葉的表情也立刻放鬆下來。

玲奈並不打算遵守和柚希的約定，但又無法打破它。

由於這種走鋼索般的生存方式，玲奈總是盡力避免成爲嫌疑犯。在教學參觀日上露臉，柚希很高興。是不是應該先明白告訴窪塚？告訴他自己會遵守約定。

答案已經很明白了，死人不會在意什麼約定。

輕巧的鳥啼婉轉，陽光透過窗戶照射進來，徹夜未眠的玲奈從床上起身。

早晨時分，琴葉表現得比平常更加開朗，笑容一直掛在臉上。玲奈察覺自己內心有些消沉的原因了。整個晚上她都在思考和柚希的約定，而這不過只是逃避——因爲她對和琴葉之間的約定有了罪惡感。

快到出門上班的時間了。玲奈將澤柳菜菜逃離自家的相關資料，裝進大信封袋裡，其他各種隨身雜物也一併放入，以膠水封緘。信封正面寫上隨意挑選的住址和收件人，再貼上郵票。玲奈沒帶手提包，直接拿著信封袋和琴葉共同出發。

冷冽的天空微陰，她們步行至鄰近的公司大樓。日產Skyline便衣警車還停在和昨晚相同的位置，正副駕駛座的門打開，分別走下一個穿西裝的男人。兩人都是年輕的新面孔，沒鎖門就下車。匆忙之下就忘了鎖門，很多菜鳥都是這樣，玲奈想。

如果是豐田Crown的便衣警車，離開十秒後車門便會自動上鎖，因此也有可能是習慣了。這個車型看來沒有同樣的功能。

看似較具威嚴的一人開口，「我是西山，他是杉林。您是紗崎小姐吧？方便的話，可以讓我們看看隨身物品嗎？」

琴葉很不高興，「這是非強制的警方盤查，對吧？」

西山擺出高高在上的表情，「如果沒什麼見不得人的東西，應該無所謂吧？」

他的視線停在玲奈手裡的東西，蹙起眉頭。玲奈隨即將信封袋遞出去。

西山端詳著信封袋，有些困擾地瞪著玲奈。

他自然無話可說。雖然以警方的角度來說是「非強制」盤查，但只要沒實際確認到隨身物品，警察就不會輕易撤退，拖長時間還可能呼叫支援。而如果是準備好要投遞的信函，警方就不能打開。硬要開封會變成違法調查，裡面的東西也無法在法庭上當做證物。若有搜索令就另當別論，但目前尚無任何可以逮捕玲奈的理由。

杉林則檢查了琴葉的手提包，但什麼也沒找到，他不滿地看向西山。

玲奈用沉默的眼神催促西山，西山只好不甘願地歸還信封袋。

玲奈將信封袋夾在手臂下，邁步離去。琴葉小跑步跟上。

走向大樓入口時，仍能感覺背後兩名調查員的視線。就算加強監視，我也只是繼續過著與平日無異的生活，玲奈想。

12

抵達位於七樓的須磨調查公司，玲奈踏進辦公室，走到牆邊孤伶伶的反偵探課辦公桌坐下。

玲奈打開信封取出內容物，交代琴葉，「以後暫時都用信封代替手提包，可以幫我準備幾個信封嗎？」

「好。」琴葉走進休息室，印有公司名稱的備用品都收在休息室櫃子上。

按公司規定，備用信封禁止直接帶出辦公室，必須事先寫好收件人、貼好郵票才行。琴葉得利用工作空檔完成這些步驟。

玲奈將桌上的資料掃視一遍。除了幾張除籍簿影本，最重要的證據就是和歌山縣立屋形高中的畢業紀念冊。封面印著「平成十六年度」，裡面有每位畢業生的大頭照和姓名。澤柳菜菜在三年二班，綁著三股辮子、浮腫的雙眼及厚實下巴令人印象深刻。

這個女人害死了咲良。

長相或許已經改變不少，可能整形了，化妝也會改變形象。但玲奈早已在須磨ＰＩ學校練就媲美警方「識人調查」（註）的技術，就算目標整形過，還是有部分特徵是不會改變，例如雙眼間的距離。玲奈仔細觀察照片，想像她十年後的模樣。

唯一能確定的是，玲奈成爲偵探後，一次也沒有看過她。只要見過一面，就會在記憶角落留下印象。

畢業紀念冊是由委託須磨調查的被害者家屬提供，據說是澤柳留在被害者房間的私

註：負責「識人調查（見当たり捜査）」的警察，會在腦中記下犯人的臉部特徵，再到車站等鬧區以肉眼辨識出面貌相似的人。

人物品。只不過，被害者從未將妻子介紹給親友認識，因此家屬也沒有實際見過澤柳本人，也有可能是她拒絕和家屬見面。

須磨和其他屋形高中畢業生見過面，同年級中記得澤柳的人少之又少。看來她從當時就是個不起眼的學生，畢業後也未曾跟任何人聯絡。家人居住的公寓，在澤柳畢業後立刻人去樓空，直到兩年後成年的澤柳初次結婚、取得新戶籍爲止，中間完全去向不明。

或許是太專心了，玲奈沒注意辦公室的動靜。等她突然察覺到時，眼前已站了一男一女。佐伯祐司和伊根涼子，都是二十多歲的偵探課職員。

除了接打電話以外，玲奈幾乎沒跟他們說過話。兩人各自穿著套裝，狀似普通企業的業務員。外表打扮得乾淨整齊，性格卻有些急躁。

涼子一臉嚴肅地問，「紗崎小姐，可以打擾一下嗎？」

玲奈無言地看著她，這就是給同事的回答。

這般態度似乎讓涼子不太高興，她皺起眉頭，「臉上又有瘀青了啊。妳打著反偵探課的名義，在調查行動時涉及了哪些事，我們大致都知道的。」

眞是無聊的抗議，玲奈想。她邊整理桌面，不客氣地回話，「偵探課在做些什麼，我也都有所掌握。」

涼子和佐伯面面相覷，佐伯原有退縮之意，涼子趕緊在後面推他一把。

佐伯緊張地面對玲奈，「這陣子狀況很不穩定，警察監視我們，又老是打電話來威脅，根本就像黑道嘛。妳應該不會不知道誰是始作俑者吧？」

玲奈敷衍道，「如果造成各位麻煩，我道歉。還有事嗎？」

偵探課平時都無視玲奈，今天會突然如此強勢，或許是因為偵探課中最受社長信賴的桐嶋今天外出吧。

仍坐在位子上、四十多歲的土井修三課長響亮地開口，「紗崎，妳的存在本身就是問題。明知公司裡有個凶殘犯罪的嫌犯，我們還能幫妳說話嗎？」

「我也沒拜託過你們。」

「我們只是遵守社長的經營方針。而那位社長今天被叫到中央分部開緊急會議了，會議主題是什麼，妳應該想像得到吧？」

「這個嘛。」

「紗崎，妳到底把偵探這個職業當什麼了？」

玲奈回答，「小豬存錢筒。」

偵探課三人驚訝地彼此交換視線，空氣中瀰漫著令人手足無措的尷尬。此時電話響起，涼子焦躁地站著不動，但終究還是回到桌前接起電話。「須磨調查公司。」

琴葉回到辦公室，交給玲奈一疊信封袋。她看著呆站原地的佐伯，「怎麼了嗎？」

能強勢應對同性的涼子正在電話中，眾人戰力低落，土井課長率先臨陣脫逃，若無其事地繼續工作。落單的佐伯也只好困窘地撤退。

玲奈毫不介意地回到澤柳菜菜的資料上。緊繃的職場氣氛已是家常便飯，找麻煩是殺不死人的。

13

眞是空有規模、單調乏味的會議室，須磨想。日光燈照明、白色夾板牆面，搭配常見的木製會議桌。與會者大半是上年紀的西裝人士，手邊都配有瓶裝綠茶。每間公司各派兩位出席，須磨和桐嶋比鄰而坐。

會議主持人繼續開場白。在進行有意糾舉彈劾及批判他人的集會前，往往必須先反覆強調團體的正當性。現在主持人也正站在分部的立場，拚命自賣自誇中。

「一般社團法人日本調查業協會」是在內閣總理大臣認可下成立的官方組織，加盟成員來自全國近六百家的偵探事務所、徵信社和調查公司。各地向下設有縣或地區協會，各協會的中心爲「東京都調查業協會」，其中由位於千代田區、中央區、港區的二十間公司組成「中央分部」，負責規範並健全業界發展。

「那麼。」主持人宣布，「差不多可以開始今天的議題了。我們收到報告指出，須磨調查公司的反偵探課業務超出常理，過於引人注目。須磨社長，您若有意見，不妨直說。」

須磨平靜地回答，「請問這份報告是從哪裡來的？」

其他與會者接話，「日本調查業協會的監督機構可是警察廳，今天事情嚴重到把我們全都緊急召集過來，你應該也猜得到不滿的是誰吧！」

「不好意思。」須磨依舊淡淡地說，「聽到這些我也很意外。」

主持人看著須磨，「聽說貴公司數度對非加盟協會的偵探業者做出暴力行爲，這您也不知道嗎？」

「這一切與敝公司無關。」

千代田區的調查公司社長宮部尖銳地說，「你那邊有一個叫紗崎玲奈的員工，聽說她臉上滿滿瘀青啊。」

「這個嘛，我是覺得她皮膚滿乾燥的。」

室內瀰漫苦笑聲。主持人依然板著臉，「協會內部也有意見，認爲反偵探課這種單位的存在本身就不太適當。」

須磨平靜地說，「身爲調查業協會的一員，我是希望能替健全業界盡一份力才成立反偵探課，我記得以前也曾在這裡提出報告，並獲得各位贊同。」

在秋葉原經營徵信社的橋田瞪著須磨，「反偵探課裡只有一名職員，這個叫紗崎玲奈的女孩子，以前遭遇過什麼樣的事，就算媒體不知道，今天在座的各位都很清楚。」

當然，因爲大家都是偵探業者，須磨心想。「我不太明白您在說什麼。」

「把違法的偵探當天敵，二話不說單方面加以制裁，實在令人無法認同。放著瘋狗到處跑的須磨社長，也同樣應該受到譴責。」

桐嶋嚴肅地說，「無憑無據。紗崎不是瘋狗，反偵探課的處理方式是說服並指導業者，有需要時就呈報公安委員會，僅此而已。」

「還眞敢說。」另一名偵探社社長也憤憤不平，「所以在成川彰家裡發生的事，你們也一概不知？」

「是的。」桐嶋點頭，「如您所說。」

「偵探雖然是個騙人的工作，但不要把權謀話術也帶進這個地方。」

主持人舉手制止，「請稍候，請各位安靜。須磨社長，容我這樣說吧。長久以來，我們偵探跟警方都相安無事，他們原則上不介入民事，我們也不插手刑事案件。須磨社長在錄用紗崎玲奈之前，應該也同意這樣的做法吧。當然，以前您和警視廳之間的問題先略過不提。」

須磨感覺到所有與會者的緊張情緒，自己的臉現在應該很僵硬吧。

主持人的態度突然軟化，「這樣吧，藉由這次機會廢除反偵探課，您覺得如何？監視和教育非法業者的工作，就由協會全體來進行。」

一片沉默中，眾人不約而同向須磨投以冷淡的視線，顯然都贊成這個提議。

須磨毫無退縮的模樣，「容我拒絕。不僅如此，我還想向各位提出一個完全相反的提案。各位也都在公司裡成立反偵探課如何？」

眾人譁然，面面相覷。

主持人相當不滿，「須磨社長，您是認眞的嗎？」

「各位都擦亮眼睛、相互監督並糾舉對方的不當行爲，這樣的關係才健全，才是所謂的協會吧？」

在一片嫌惡中，有個男人笑了起來。

那是在麻布經營竹內調查事務所的社長，和須磨同世代的竹內勇樹，蓄鬍的嘴角呈現愉悅的弧度。「眞有趣。」竹內說，「那麼敝社的反偵探課，也可以去抓須磨調查公司的小辮子了？」

「正是如此。」須磨點頭，「反之亦然。」

「所以接下來就是反偵探課之間的競爭了，」竹內悠哉地靠上椅背，「那麼各位，今後我們得更加努力經營公司了。」

某個規模較小的調查公司老闆滿臉困惑地發言，「請等等。竹內調查事務所跟須磨調查公司或許無所謂，但恕我直言，敝公司沒有信心可以做到那種程度。」

竹內提高音量，「面對現實吧！今天來的人之中有人不知道竊聽器的用法嗎？各位都很清楚吧，只是沒有公開承認罷了。民眾其實都猜得到，警方也都知情。唯有強者得以生存，這也算是因果關係吧。被揪出不當行爲的偵探事務所，就只能面臨被摧毀的命運。」

主持人急忙插嘴，「我不認爲負責監督的警察廳，願意接受協會成員彼此對立。」

須磨冷靜地說，「市町村是政府最小的行政單位，他們鼓勵住宅區設立自治會，就是希望居民相互監視，讓大家遵守倒垃圾的日子。如果我們之間也是那樣的關係，警察就不用什麼事都一一插手。這樣解釋的話，他們就能接受。」

宛如要替會議做結，竹內表示，「我同意。協會應當鼓勵各加盟成員設立反偵探課，敝公司也會立即開始部署。如果有些人認爲須磨調查公司有違法行爲，那就集結各自的反偵探課，全力對付須磨調查公司即可。須磨社長，您應該沒有意見吧？」

眞是幼稚的挑釁，須磨直截了當地回答，「沒問題。」

會議喧嘩一時，不過很快便取得共識。

多數人認爲，這個提案雖然如天外一筆，但也能十分有效地解決原本的會議主題，即紗崎玲奈的行爲問題。若每間公司各派一人監視須磨調查公司，就能抑制玲奈蠻橫的行爲。雖無投票表決，但眾人見解看來皆是一致的。

會議在不甚愉快的氣氛下解散，眾人默默離席，唯有竹內出聲對須磨說：

「這是業界眞正的自我整肅，非常令人期待。」竹內丟下這句後隨即離去。直到最後他嘴邊都帶著笑容，但眼神並無笑意。

步出會議室，桐嶋向須磨低聲說，「關於澤柳菜菜那個不肖偵探的事，不是應該向大家說明嗎？」

須磨問，「爲什麼這麼想？」

「如果其他公司也設立反偵探課，或許可以同心協力。」

「我不認爲。如果澤柳察覺我們的行動，可能會隱匿起來。警察也一樣，不能依靠他們。」

對其他公司而言，反偵探課不過只是工作的一環，不但會要求高額報酬，也不會積極爲此犧牲奉獻。

和紗崎玲奈不同。須磨在內心低語。

ＭＰＩ股份有限公司，是位於千代田區一橋的老牌偵探社，在家庭裁判所裡有雄厚的人脈，經常主動承攬解決民事訴訟的業務。

糸井雄藏是資歷二十三年的資深調查員，今天他來到足立區千住一丁目的公共職業安定所（註），中午前所裡意外熱鬧。糸井本人當然不是來找工作的，這可是偵探業務的一部分。

雖說如此，他也不是因爲接到委託才來的。在調查其他案子時，發現家庭裁判所的紀錄裡有不完整之處，那個案件似乎與一個名爲「澤柳菜菜」的女性有關，但內容記載並不清楚。於是上司要求他進行自發調查，以便釐清詳情。換句話說，就是以非官方的角色，協助家庭裁判所處理問題。爲了在審理家事調停或少年保護處分等事件時，讓家庭裁判所能洩漏一些內部情報，平時他們就得多賣點人情才行。

澤柳菜菜有許多未解之謎。雖然知道她在這一帶生活，但住址和電話號碼一概不知。唯一的線索，是一本畢業紀念冊。糸井坐在等候區，翻開手裡的紀念冊。平成十六年度，和歌山縣立屋形高中，三年二班，有澤柳菜菜的名字。三股辮髮型、雙眼腫脹、下巴厚實。大頭照只有這麼一張。

當糸井調查到這裡時，其中一個東京都內的線人，即這裡的某名職員，通知他有個姓澤柳的男子出現在諮詢窗口，應該是菜菜的兄弟。當時糸井並未當一回事，因爲根據戶籍資料，澤柳菜菜是獨生女。但線人表示那名男子長得跟紀念冊的照片如出一轍，積極建議糸井來看看。

職員說他今天會過來，糸井拒絕不了，只好出門來一趟。這些職員時常違反政府規

註：日本厚生勞動省設置的行政機關，提供輔導就業的相關服務。亦稱Hello Work。

定洩漏情報給偵探，他無法漠視他們的好意。

他無奈地抬起頭，看向櫃台後的那位職員。職員正經地回望他，輕抬下巴。

糸井朝他示意的方向看去。

一個身穿男性西裝的人走過來，一看到對方的臉，糸井不由得訝然失語。他比對手上的紀念冊照片。

確實一模一樣。突起的額頭和下巴都很有肉，如果把照片裡的辮子換成兩側及後腦剃高的短髮，再把膚色曬黑一點，就完全是眼前這名男子。不，他眞的是男的嗎？

糸井起身，西裝男停下腳步，納悶地看著他。

一旦近距離觀察，懷疑就變成肯定了。雖然外表打扮成男人的模樣，但他的臉頰富有光澤，肌膚十分豐潤。

「澤柳小姐。」他出示畢業紀念冊的照片，「您是澤柳菜菜小姐吧？」

對方瞬間瞪大眼睛。澤柳的眼神如野獸散發火光，下一秒便轉身跑向出口。澤柳撞開所有人，開出一條路衝到戶外。所內頓時陷入吵雜。

糸井追到路上，但那裡只有住宅區的一片悠哉，老人緩慢地自眼前走過。沒有必要詢問他們澤柳的去向，他不想把事情鬧大。澤柳菜菜應該只是個有點可疑的女人，不是罪犯吧。

他回到職業安定所，所內已恢復平靜。

糸井走向相熟的職員，「那是個女的。」

職員目瞪口呆，「怎麼可能？他的聲音低沉，而且還有鬍子。」

「她打了男性荷爾蒙，大概是想變性之類的。知道住址跟電話嗎？」

職員搖搖頭，「她不想說。我說沒地址就沒辦法幫她談工作，她還是堅持如果好職缺再跟我說。所以找這邊也沒辦法給出什麼好工作，只能隨便應付，但她還是按約定前來詢問有沒有職缺。」

糸井端詳畢業紀念冊的照片。

如果她脫掉男裝、回復到女性的模樣，還認得出來嗎？不用多說，就算他畫上濃妝、改變髮型，還是掩飾不了特徵如此明顯的臉。只要看過一次高中時代的照片，即使從遠處也能在人群裡認出她。她就是能令人印象深刻的女人。

職員建議，「你應該跟上面報告一下比較好吧？」

糸井不得不表示認同。他闔上紀念冊並夾在腋下，「你那邊也姑且記錄一下，寫說有個奇怪的人來過。」他向門口走去。

不知道究竟發生了什麼事，只是心裡總覺得忐忑不安。社長和部長今天都去了調查業協會中央分部的會議，等他們回來，一定要馬上建議，必須更嚴密地調查這個叫澤柳菜菜的女人。

14

正午時分，須磨調查公司偵探課的伊根涼子離開辦公室，走向電梯間。這是外出用餐的時間，同事佐伯、上司土井也同行。三人站在走廊，百無聊賴地等著電梯開門。

玲奈留在辦公室裡，周圍一片寧靜，說話聲音很容易傳遠。涼子悄悄向土井說：「我們公司明明有顧問律師，爲什麼不找律師談？我們現在簡直像在跟黑道對抗，這都是紗崎造成的啊！」

土井嘆了口氣，小聲回答，「律師是站在須磨社長那邊的，大概說不通。」

電梯門開了，三人默默走進去，按下一樓，電梯門順暢地關上，開始下降。

涼子有些鬱悶。她和警視廳原本關係良好，特別在搜查三課三係認識了很多人。「失竊車輛搜索網」由偵探事務所和中古車業者組成，須磨調查公司也是加盟成員之一，涼子就是負責人。由於人手不足等原因，警方會利用這個系統，請民間企業協助搜尋他們不想花費心思找的失竊車輛。轄區警署會向各加盟公司發布情報，並即時傳送目擊可疑失竊車的消息。

然而最近，須磨調查公司卻不斷提出自家公司車的失竊通報。其實是玲奈在調查活動中出的意外，卻僞裝成遭竊案件。原本就已經常被懷疑了，現在連搜查一課都出動，涼子不得不認爲，公司遭警方搜索的日子也不遠了。而媒體發現問題、被記者追著跑也不過是時間的問題。

涼子在電梯裡抱怨起來，「桐嶋先生爲什麼也老幫紗崎說話？他明明就是偵探課的。」

佐伯說，「因爲他們是ＰＩ學校的學長學妹關係吧？可能也對她有點意思喔。」

佐伯隨便的語氣，讓涼子大爲不耐，「我在說正經的事，不要開玩笑好不好！」

電梯裡的氣氛很僵。抵達一樓，電梯門打開，涼子像要逃離煩悶地率先走出大樓。冷空氣襲上身，這附近沒什麼店家，路上行人稀少。

涼子走向常去的定食店，此時她聽到馬路上有匆忙的奔跑聲，兩個人影出現在視線內。

她原想，只是年輕男女在打鬧。然而她隨即察覺到氣氛不對勁，周遭行人也紛紛走避。

涼子倒抽一口氣，這對男女的關係一點也不和睦。男人一手拿著刀子追著女人，直往這邊衝來。

玲奈從辦公桌抬起頭來，連結辦公室與電梯之間的短廊傳來一陣混亂的腳步聲，琴葉也望向門口。

涼子跑進辦公室，她的頭髮亂七八糟，邊喘氣邊緩下腳步。涼子身旁還牽著一個纖細的女性。烏黑長髮襯托著小巧臉蛋，圓滾滾的雙眼讓她帶著小女孩般的夢幻氣息，是個皮膚白晰的美人。那是玲奈無法自記憶中抹去的模樣，她茫然站起身。

上次見到她是在午夜，深入山中的某個廢車場。青白色的搜索燈照耀四周，直升機低空飛行的風壓，吹得沙塵土恣意飛揚。窪塚倒臥地上，玲奈站在他身邊。轉身時就看到那名癱坐在地的女性，以求救眼神望著玲奈。她是十一名家暴被害女性之一，當時還不知道名字。玲奈只有她是窪塚犧牲生命救下來的人的印象。

現在玲奈已經知道她的身分了。雖然媒體沒有報導，但須磨調查公司取得了被害女性的照片。對應的姓名立刻浮上腦海，玲奈不禁脫口而出，「市村凜小姐？」

凜雙眼哭得紅腫，瞳孔裡蘊藏著擔憂與害怕，交織出複雜的情緒。她不安地抓著手提包的提把，開襟洋裝露出的胸口被直直劃了一刀，傷口滲出血來。

一見到玲奈，凜彷彿安心下來，腳一軟就要跌坐在地，涼子趕緊撐住她。

涼子緊張地說，「她跑過來問我『須磨調查公司在哪？』我就趕快帶她坐上電梯。有個男人持刀追過來，不過土井先生跟佐伯先生擋在前面，他就逃走了。」

看來涼子現在還不知道凜是什麼人，但玲奈早已將事件關係者的姓名牢記在腦中。遭受家暴迫害、逃出家門後就以舊姓「市村」自稱的人。她婚後的姓氏是沼園，加害者是丈夫。

玲奈問凜，「追妳的人是沼園賢治嗎？」

凜看著她，斗大的眼淚滑落，發抖著不停點頭。

這個時刻果然來了。緊張讓神經異常亢奮，玲奈邊跑出去邊大叫，「琴葉！替她包紮，讓她在沙發上休息。不可以叫救護車！把這裡的防火門上鎖，絕對不要打開！」

玲奈沒等琴葉回應，前往電梯間的途中經過茶水間，她從櫃子裡抽出一包一百克的砂糖。她到達電梯前，但電梯還停在高樓層，似乎會拖很久。玲奈改由樓梯跑下去。

警察在事件後曾表示，希望能給予被害女性的隱私萬全保護，但百密總有一疏。那些最終受不起訴處分的家暴加害者，之前就是經由「野放圖」牽線，取得澤柳茱茱的調查報告書，因此就算現在再找上同一個偵探也不奇怪。澤柳可能接受了沼園賢治的委託，搜尋並向他報告凜的行蹤。

下到一樓，玲奈立刻衝出大門。外面馬路上的行人三三兩兩，但不見持刀男子的身影，也沒看到土井和佐伯。那些調查員也不在。正如玲奈所預料，如果發生騷動，他們很有可能會離開車子。

玲奈取出智慧型手機。等待沼園逃跑地點顯示的十幾秒空檔，另一手還能處理其他事。她用袖子包住指尖，走到便衣警車旁。調查員應該是匆忙離開，車門沒有鎖上。日產Skyline V36型的車門鎖與油箱蓋相互連動，她只要一壓，油箱蓋便應聲彈開。她轉開油箱閥蓋，將砂糖倒進去。

同時，另一手繼續操作手機。打開瀏覽器，進入iCloud頁面，輸入她記下的帳號密碼。

關上油箱閥蓋和油箱蓋時，手機螢幕上出現地圖，藍點所在位置約在這裡往東一百公尺處，築地市場站附近。

就算數秒也不能浪費，玲奈返回大樓。大門口旁立著一輛腳踏車，是須磨調查公司所有。玲奈單腳踩住踏板，俐落地一翻，跨上腳踏車衝出去。

繞過轉角騎了一會兒後，便見到調查員的背影，但沼園不在這裡。他們或許以爲能夠立刻抓住他，因此棄車以自己的雙腳追逐沼園，卻把人追丟了。

玲奈騎到他們旁邊，「向警用無線電請求支援了嗎？」

兩名調查員吃驚地看著她，西山露出匪夷所思的表情說，「當然，我們先聯絡才追出來的。」

「我們公司也有兩個同事在追。」

「我叫他們不要亂來，但他們沒聽進去。妳也回公司吧！」

玲奈不禁輕嗤一聲，全力踩下踏板奔馳而去。速度漸漸加快，風壓襲罩全身，頭髮朝後方飛舞。後照鏡裡的西山和杉林變得愈來愈小。

背後傳來杉林的吶喊，「等等！妳知道他去哪裡嗎？」

玲奈沒回答。經過朝日新聞本社，穿過COIN PARK停車場（註），彎過小巷轉角的

註：日本連鎖停車場，主要分布於本州。

瞬間，玲奈猛然壓下剎車。

一個男人正跑向這裡，是個年約三十多歲，眼角下垂的鬍子男。玲奈記得很清楚，十一名家暴加害者中，確實有這麼一張臉。他肯定就是沼園賢治。

佐伯和土井追在後面，沼園毫不猶豫地衝向玲奈，刀子在陽光反射下閃閃發亮。玲奈騎在腳踏車上，一時無法退後。刀子猛地揮過來。

佐伯衝上前護住玲奈，手臂遭利刃劃過，發出布料撕裂的聲音。佐伯短暫地叫了一聲，土井立刻撲上沼園。沼園栽倒在柏油路上，翻滾了好幾圈，但隨即抓住鐵絲網圍欄迅速爬上去，跳到對面後逃之夭夭。

土井原想追上去，卻突然停下動作，看著玲奈後方。

玲奈轉身，西山和杉林正氣喘吁吁地跑過來。

西山大喊，「再過去是入侵民宅！」

他們只好不耐煩地等著調查員過來。土井問玲奈，「妳怎麼知道我們在這裡？」

「如果不想洩漏所在位置，就請換掉Apple帳號和密碼。」

佐伯慌忙從口袋掏出iPhone，「喂，妳什麼時候知道的？妳一直在監視我們嗎？監視整個偵探課？爲什麼？」

玲奈淡淡地回答，「我是反偵探課。」

調查員終於抵達，土井高聲抗議，「持刀男子朝那邊逃走了，我們應該追上去！」

然而杉林否決他，「我們已經緊急部署人力，交給這附近的警察就行了。這是爲了各位的安全。」

大概不想被注意到，佐伯把受傷的手臂藏到身後。

只要是偵探，都會盡量避免被找進警署。除了行動的適切與否會受到公安委員會審理之外，一點好處也沒有。

從玲奈的角度來看，調查員等於是幫助沼園逃走。玲奈雖然對調查員表現出反感，卻似乎不喜歡捲入口舌紛爭。假如她無視剛才的指示追上去，兩名調查員就有逮捕玲奈的藉口了。

西山下達指示，「請各位同公司。回去的路上，我再聽各位說明事發經過。這裡就留下杉林。」

請求支援，等轄區同事抵達就聯絡大樓管理員，進行內部調查，這是既定程序。現在才調查內部，也不會有什麼收穫。

玲奈牽著腳踏車步行。她小聲地對佐伯道謝。佐伯浮現滿足的表情。他看起來好像有點高興，明明受傷了，卻不像發生了什麼壞事，眞奇怪，玲奈想。

土井邊走邊向西山說明狀況。西山顯得不太專心，視線移到玲奈身上，謹愼留意地盯著她。

玲奈始終冷淡地無視西山。檢察官不起訴家暴加害者，警察也放任他們在外遊蕩。即使窪塚死後，情況依舊絲毫沒有改善。

15

玲奈沒有打算邀請西山調查員進入公司，土井和佐伯看來也是相同意見，他們的態度甚至更明確。「不好意思，不方便讓您進入公司。」佐伯對西山這麼說。西山很不服氣，表示他想向那位遭持刀男子追逐的女子詢問一些事情，土井依然嚴正拒絕，「她是來找我們公司的委託人，必須由我們先問話。」

下午一點多，他們把西山留在公司外，搭電梯回七樓。防火門關著，玲奈敲門呼喚裡面的人解鎖。

走進辦公室，涼子一臉蒼白地站著，琴葉倒是已逐漸習慣暴力事件，意外能保持平靜，也或許是因爲她沒有親眼目擊持刀男子。

根據負責包紮的琴葉所言，市村凜的傷口只是輕微擦傷，雖一度發生貧血，不過讓她獨自在休息室沙發休息約十分鐘後，應該已經略有恢復。她身體仍輕微顫抖著，但已能好好坐在椅子上。原本被劃破的洋裝，也換成了衣櫃裡的上衣和裙子。

琴葉幫佐伯的手臂纏上繃帶時，玲奈開始向凜詢問事情始末。凜一點一滴慢慢道來。

自「野放圖」事件後，她就搬到杉並區的公寓開始獨自生活。在警方的指示下，就連老家的父母都不知道新居地點。她也換了工作，新公司位在西新橋，但她也沒有對外透露公司名稱和所在地。然而，今天結束外勤要回公司時，卻撞見那個她不想再見的人。沼園賢治在大廳等著她。

凜怯懦地望著玲奈，「我逃跑了，賢治也追上來。我的手機丟了，也找不到派出所可以躲進去，走投無路之下被他追上，劃了一刀。我拚死命逃跑，等我發現時，已經跑到汐留這附近了。」

玲奈問，「妳知道我在這邊工作嗎？」

「是的。」凜的眼眶濕潤，「那時候妳幫助了我……之後還一直替我操心。」

玲奈不明白她的意思，事件後她們就沒有接觸了。她看著凜，「『之後』指的是？」

凜在手提包裡翻找，「妳寄了這個給我吧？」

她拿出一個皺巴巴的非標準信封，體積頗大。玲奈接過來，是郵寄過的信封，已經開封，裡面是一本硬皮精裝書。玲奈隨即明白書籍只是它的外觀，實際上是一個長得像書的盒子，封面就是盒蓋，挖空的內部可以置物。她掀開書盒封面，裡面放了一張紙。

她將折疊的紙打開，出現用文字處理機打的印刷字。玲奈內心湧起一陣酷似不快的緊張感受。

市村凜小姐

冒昧打擾您。當那須町蓑澤山中發生那起不幸事件時，我也和市村小姐一樣同在現場。和已故的窪塚悠馬警視共同行動的女子就是我。當時情況危急，沒能和市村小姐見上一面，更不用說和您說幾句話。由媒體得知被害者的姓名後，我便決定寫這樣一封信給您。

衷心感謝您沒有向警察透露我人就在現場。對於市村小姐與其他被害者，我希望多少能在未來成為各位的力量。

我想您可能會搬家或轉換工作，但您無須告訴我您的新住所及公司地點。希望您對此謹慎小心，盡可能對任何人都要保密。然而，如果您碰上什麼麻煩，請儘管聯絡我，直接過來公司也沒有問題。

恕我僭越，隨信附上一個方便的道具，可以協助您防範跟蹤者。這個製作精細的書盒，是供專業偵探業者使用的，適合用來攜帶內含個人隱私資料的文件。

另外，真的十分抱歉，請您不要將這封信給任何人觀看。書盒同樣也是我們之間的祕密。

您度過了如此艱辛的一段時間，我打從心底同情您的遭遇。請您相信，平穩的日子一定在未來等著您，加油。

紗崎玲奈

須磨調查股份有限公司　反偵探課

東京都港區東新橋一丁目十一汐留辦公大樓７Ｆ

玲奈感到一陣毛骨悚然的空虛，呢喃道，「我不記得我寫過這個。」

凜睜大眼睛，「咦？」

玲奈內心極度動搖不安，她盯著凜，「我是在事件現場曾經跟妳對到眼，和這封信的內容不一樣。」

凜的臉上也浮現出困惑，「我也覺得那邊有點奇怪，但我想或許是紗崎小姐忘記了，可能當時還不知道我是誰。」

怎麼可能忘記，當時的一切景象甚至烙印在玲奈眼裡，無法抹滅。寫下這封信的人，當時應該不在現場，描述的情形和事實有所出入，並避開了事件的細節。而且裡面稱呼窪塚的階級爲「警視」，那麼應該是在他殉職後才知道他的。

信封也令人在意。上面印了須磨調查公司的標誌，確實是公司的備用品，不像是僞造的。郵票貼了四百圓，郵戳地點在汐留，日期是那個事件後的一星期左右。收件人貼紙同樣是用文字處理機打的，印著「澀谷區神宮前二丁目」、「蒂芬恩股份有限公司總務部」、「市村凜小姐」。

須磨調查公司收集了「野放圖」事件被害者的相關資料，玲奈走向文件櫃，取出全部資料。她希望儘可能不要詢問本人，降低凜的負擔。蒂芬恩確實是凜在事件發生前任職的公司，看來這份資料是她離職前送來的。

佐伯湊了過來，閱讀信件片刻後，「眞是奇妙的用詞，『供專業偵探業者使用的書盒』？從沒聽過這種東西。」

玲奈也有同感。她仔細觸摸書盒內側，以體積來看，容量顯得太少，感覺底部有墊高。

玲奈舉起書盒，重重砸向桌角。凜嚇了一大跳。模擬書籍外形的盒子扭曲變形，分解散落在地。

從墊高的底部空間裡掉出奇怪的東西，尺寸約手機的一半大小，藍色塑膠外殼，上面有好幾個開關。現在倒眞的出現專業偵探熟悉的道具了。

涼子不禁脫口而出，「GPS？」

玲奈默默看著地上的位置訊號發信器。透過專門網站，可以在地圖上顯示並追蹤發信器所在位置。

土井沉吟，「思慮很周到。使用書盒，其他人就不會碰到，也不會發現藏在裡面的GPS。」

凜的臉霎時蒼白，噙淚望著地上的書盒碎片。

佐伯拾起發信器，「電池可以用九十天，是高級貨。看來不是外行人，是偵探嗎？」

玲奈拿起桌上的電話，從十一名家暴被害女性的名冊中，挑出倉澤千春的電話。她和凜一樣，加害者都被判不起訴處分。

一個女聲接起電話，語氣中帶著猶疑，「喂？」

「請問是倉澤小姐嗎？您好，我是須磨調查公司的紗崎。」

「紗崎小姐？」女子的聲音瞬間放鬆，「是紗崎玲奈小姐嗎？我是倉澤千春，一直希望有機會跟您說話。真的非常感謝您，事件過後還寄信跟禮物來，真的很不好意思。」

「是書盒嗎？」

「是的，每次去銀行時，我都把存摺放在裡面。」

「您確定那個是由敝社寄出的包裹嗎？」

「是啊，有須磨調查公司的信封。」

「倉澤小姐，請在浴缸裡裝水，將書盒放進水裡。」

「咦？為什麼呢？」

「現在沒有時間說明原因。如果身邊發生什麼可疑的事，請馬上聯絡我。」

玲奈接著向其他加害者獲不起訴處分的受害女性打電話確認。眾人皆口徑一致，對玲奈表達感謝之意，而且每個人都收到了書盒。

玲奈對每個人下達指示後，掛上電話。

辦公室陷入片刻沉默。玲奈掃視眾人，大家也都看著玲奈。

被害女性的所在地已經洩漏了。只要家暴加害者委託偵探，應該就能馬上獲得調查報告書，而市村凜就是第一人。

偵探只有可能是澤柳菜菜。澤柳已經知道凜逃進須磨調查公司，就算現在想用這個發信器當餌，引她到其他地方，她也不會上當。她已看穿玲奈意圖。

已經無計可施了。玲奈抽走佐伯手上的發信器，扔在地上用力踩踏，直到發信器破碎，電路板外露。

玲奈背對著辦公桌，「琴葉，準備出門。大概不會回這裡了。」

凜滿懷不安地看著玲奈，她那乞求援助的眼神和事件當時如出一轍。玲奈也靜靜回應她的視線。

她感覺自己會被拋棄，這份害怕的痛楚傳了過來。她親眼目擊窪塚的死，那是混亂恐怖、慘烈至極的地獄景象。當時爲了逃跑，玲奈只能將她交給警察。

玲奈的目光移到文件上。正本由警視廳保管的資料影本記載，家暴不是市村凜遭遇的唯一不幸。十四歲時，她曾遭受性侵，因此懷孕、流產。

這讓人聯想到後藤清美。老實懦弱的個性，或許就是她們容易成爲異常人士目標的原因。淀野瑛斗首先攻擊的也是她。她的實際年齡將近三十歲，但娃娃臉讓她看來年輕許多。這大概也是原因之一吧，但無能爲力並不是她的責任。

凜的命是窪塚救下的。在十一位被害者中，凜的遇襲只是純粹的偶然；但對玲奈而言，她的存在卻是獨一無二。

玲奈將文件全收進資料夾，夾在手臂下走向凜，「走吧，我帶妳到安全的地方。」

佐伯說，「我們也一起去吧？」

玲奈搖頭否決，「這是反偵探課的工作，我和琴葉去就行了。」

土井勸道，「我們有向社長報告的義務，妳們打算去哪裡？」

沉默片刻，玲奈將寄送書盒的信封遞給土井，「你覺得外人是怎麼僞造這個的？」

「問題在於取得信封的地點。即使是內部職員，也不能直接把沒寫字的公司信封帶出辦公室。沒寫字也沒封緘的信封也不能交給客人，這都是社長禁止的。」土井突然察覺到什麼，臉色一變，「妳在懷疑誰？」

玲奈還無法說出特定人物，但依據眼前的事實，無法否定牽涉內部人員的可能性。

玲奈向凜伸出手。凜仍畏懼地看著她，最後終於顫抖地握住玲奈的手。玲奈問她，「站得起來嗎？」

凜輕輕點頭，站起身。琴葉拿著她的手提包。玲奈拿起車鑰匙，帶著凜和琴葉走出辦公室。

背後傳來涼子的抱怨，「不要再自作主張了，好嗎？如果我們坐視不管，不就變成我們的責任了？」

彼此彼此，玲奈想，偵探課的不當行動，我也坐視不管好幾次了。

玲奈牽著凜的手，和琴葉步出大樓。

午後的商辦街道，流動著平和寧靜的氣息，持刀男造成的混亂沒有留下絲毫痕跡。只是遠方仍能依稀聽見警笛聲繚繞，看來緊急部署網尚未抓到沼園。

玲奈瞄一眼便衣警車，西山和杉林都回到車內了。她走進大樓隔壁的月租停車場，打開日產Gloria的後座車門。

西山的聲音逐漸接近，「這位小姐，我剛剛看到您被人追砍，想跟您詢問一些問題。」

凜緊張地僵在原地。只要被人搭話，便表現出強烈反應，或許也是她的弱點之一。

玲奈把凜送進後座，關上車門，自己則坐進駕駛座。琴葉已經在副駕駛座上了。調查員不知所措地呆站著，他無權攔阻她們。玲奈一踩下油門，兩人立刻轉身跑回警車。

奔馳在路上，玲奈望向後照鏡。日產Skyline的屋頂伸出一盞紅色警燈，正要切進車道。

下一秒，便衣警車突然緊急剎車，斜停在馬路上無法動彈，阻塞了後方交通。警報器空虛作響，警笛也高聲迴盪著，宛如敗犬的遠吠。

玲奈踩下油門，加速行駛。毫無感覺，索然無味就是這麼回事。後方的便衣警車逐漸縮小，最終消失在視野裡。

16

午後三點，寒風降低了氣溫，厚厚堆積的雨雲在都內上空逐漸沉降。須磨和桐嶋回到須磨調查公司。

踏進辦公室，還沒能喘口氣，就得先和眾人討論眼前景況。桌上散布著一堆乍看像垃圾的東西，破裂的書盒、粉碎的GPS發信器、用來寄這些東西的信封。

偵探課三人七嘴八舌地說明經過，最後由土井總結，「紗崎跟峰森都沒有回員工宿舍，她們帶著市村凜躲起來了。」

須磨始終沉默地聽著報告，三人交代完畢後，他斜眼看向桐嶋。桐嶋看起來很冷靜，內心大概十分沉重，只是沒有表露在外。須磨也有同感。

土井忿忿不平，「到底是怎麼回事？簡直沒了王法，這樣豈還能叫做偵探事務所？」

須磨嚴厲地制止他，「我不這麼認爲。若要我說，這不過就是偵探事務所的常態。」

涼子不服氣地抗議，「市村小姐可是被她的家暴老公拿刀追著跑喔！應該要交給警察保護才對。」

桐嶋指著桌上的物品，「現在有不知道哪來的偵探躲在暗處安排這些東西。反偵探課採取行動，沒有什麼不對。」

涼子依然不放棄，「市村小姐是調查的誘餌嗎？」

桐嶋果斷說，「偵探要爲自己的行動負責，紗崎想怎麼做就怎麼做。偵探課還有平時的工作要做。」

涼子用眼神催促土井，希望他能以上司的立場說些什麼。但土井面對桐嶋時顯得退縮，視線飄忽不定。

須磨對屬下的權力關係或口舌之爭毫無興趣，他想不通的是信封。這的確是公司用品，由公司寄出的郵件，小至一張明信片都會留下紀錄。須磨要求每名員工都要徹底遵守規定，當然他自己也一樣。

須磨問，「有這個郵戳日期的寄件紀錄嗎？」

佐伯不解地回答，「我們三人都查過了，包含前後一天，都沒有任何非標準信封寄出，我們很確定。」

某人取得在其他案子裡投遞過的信封，仔細打開後掉包內容物，換掉收件人貼紙，再投入市村凜公司的信箱。雖然有這個可能性，但這應該不是答案。

除了市村凜之外，其他被害女性似乎也都收到裝著書盒的須磨調查公司信封，被帶出去的信封不只一兩個。

這種情態令人難以接受，有人入侵公司到如此地步，竟沒有留下一點痕跡。他不禁脫口嘲諷，「看來以後每個信封都要印上序號，又要增加開銷了。」

偵探課三人靜靜垂下視線。

須磨轉身，「這些東西別讓任何人看到，就這樣。」

三人雖然看來不服氣，還是默默收拾起桌子。須磨步向連結社長室的走廊，桐嶋跟在後面。

桐嶋小聲說，「這是怎麼回事？『野放圖』事件鬧得那麼大，還再次接下家暴加害者的委託，對澤柳茉菜來說風險不會太大嗎？」

「這是澤柳下的挑戰書。她應該知道宇佐美秋子招供了，所以挑釁我們。」須磨走進社長室，「由她僞造信件、假冒紗崎之名看來，我認爲她很積極強化與我們之間的對立。」

桐嶋站在辦公桌旁，「會是誰提供澤柳信封？」

「讓公司內部萌生猜忌，大概也是澤柳的目的。」

來訪。

「紗崎到哪裡去了？」

「她不可能向可能有內應的公司報告自己的去向。」

桌上的對講機響了。須磨按下按鈕，傳出涼子的聲音，她通知搜查一課的坂東係長

須磨透過對講機問，「都收拾完了嗎？」

「是的。」

「那就讓他進來吧。帶他過來時，視線絕對不能從他身上移開。」

須磨坐上辦公椅，端正坐姿。針孔攝影機才剛被發現，隔天居然又現身，該說他極度厚顏無恥，還是已有深刻覺悟？想必是後者，須磨想。

不到一分鐘後，坂東裹著厚大衣走進社長室。

坂東沒寒暄，穿著大衣就直接坐上沙發，毫不客氣地自顧自說了起來，「車子油箱裡有一百克砂糖。砂糖燃燒後碳化，造成引擎拋錨，非常難修。」

須磨乾脆地接話，「一般日本車都會在駕駛座裝設油箱蓋拉桿，那樣比較不容易被人惡作劇。要是日產別學什麼賓士就好了。」

坂東冷冷地看著須磨，「是誰惡作劇呢？」

「這個嘛，努力尋找目擊者跟驗指紋就會知道了，這是警方的工作吧。」

「西山跟杉林確認過照片了，紗崎帶走的女人是市村凜，持刀男子是她的施暴丈夫沼園賢治，都是『野放圖』事件的相關人士。」

「眞是意外哪。」

「我們也確認過各處的監視器。沼園出現在市村凜目前任職的公司大廳，拿刀追殺市村、在馬路上劃傷她，這些都拍到了。」

「既然證據俱全，就可以對沼園發出逮捕令和通緝令了。」

「我想知道的事還在後頭。市村凜爲什麼逃進這間公司？你們一直聲稱紗崎玲奈和『野放圖』事件毫無牽連吧？我想請你到警署協助調查。」

「我拒絕。如果你想坐在那邊說的話，那要說多少隨便你。」

「須磨社長，上面希望我們有明確物證後再逮捕紗崎玲奈。不過如果間接證據夠多，要立案也不是問題。屆時我會盡力說服檢察官，至少不會讓案子以不起訴偵結。」

「要小心確認偏誤（註），祝你好運。」

註：確認偏誤（Confirmation bias）為心理學名詞，指人們會選擇性回憶、蒐集對己方有利的資訊，刻意忽略不利的條件，以支持自己既有的觀點。

坂東的表情益發嚴峻，正要出言反駁時，手機鈴聲響了。他一臉煩躁地接起電話，

「喂。」

身爲一名調查員，坂東已相當老練，幾乎不會將情感表露在外。須磨卻從坂東的態度嗅出一絲緊張感。見他簡短地低聲應答，「在哪裡？什麼時候？剛才？我馬上過去。」

坂東掛掉電話，收起手機，接著起身。他背對著須磨，這次倒是在離去前姑且說了一句，「告辭了。」然後快步消失在走廊裡。

桐嶋雙手插在口袋，倚靠在牆上，「走得眞匆忙啊。」

確實如此，須磨想，坂東應該是有所覺悟才踏進這裡的，是什麼讓他得突然結束這邊的事情趕過去？發生了什麼事？

一片寂靜中，傳來地鳴般的悶響。是遠雷吧，春季暴風的預兆。須磨眺望著遠方，預料之外的連鎖事件已經展開。

17

從沒有窗簾的窗戶直射進屋的陽光顯得異常脆弱，讓人產生日落將近的錯覺，然而手表仍指著下午三點半。天空下起零星小雨，室內有些昏暗，不過現在電力還未接通，無法點燈。

老舊的民宅二樓，鋪著木地板的房間似乎重新裝潢過。房裡空蕩蕩，連一件家具也沒有。玲奈獨自坐在地上，正專心填寫文件。

她和羽生百合子這號人物素未謀面，對她一無所知。不過透過翻找垃圾並販賣其中物品的地下業者，玲奈取得了她的住民票（註）、印鑑證明書及人壽保險契約書。契約書已經失效，但是無妨，玲奈需要的只有上面的紅色用印。

打開便利商店買的口香糖包裝紙，將銀色的紙鋪在地上，用原子筆末端摩擦紙的角落，使外側的鋁箔和內側的白色油紙分離。小心地將油紙撕下，覆蓋在紅印上，再用原

註：住民票是日本各行政區對其居民的紀錄文件，紀載包括姓名、出生年月日、性別、住址、戶籍等個人基本資料。

子筆摩擦，直到朱紅色的墨水染到油紙上。

將完整的印章都印到油紙上後，蓋在方才收到的租賃合約上，對準用印欄按擦，成功將印章轉印上去。玲奈順利完成了兩份合約。

手機響了，玲奈接起來，是日本保證協會（註）的回電。他們介紹了一位名叫松澤洋介的保證人，要求支付一個月的租金作爲保證金。「我明天匯款。」玲奈說完便掛上電話，在保證人欄位裡填上住址、姓名及電話。在「與承租人的關係」一欄，則填入「姊夫」。玲奈把文件整理好，站起身。

這間屋子占地約三十坪，屋齡二十三年，格局爲三房兩廳附廚房。走下陰暗的樓梯，房仲百無聊賴地呆站在客廳。對方問，「羽生小姐，您看得如何？」

「我要下訂。」化名爲羽生百合子的玲奈這麼回答，取出租賃合約、印鑑證明和住民票遞給房仲，「已經簽名蓋章了，姊夫願意當我的保證人，他叫松澤洋介。」

「這就好辦了，」房仲瀏覽合約，拿起手機操作，「這附近空屋很多，我很傷腦筋啊，像羽生小姐您這樣爽快決定的客人非常難得。」

房仲打電話給不動產公司。一般來說，需要幾天才能完成簽約，不過這家房仲提供即日入住的服務，可見空閒的物件有多少。也因爲如此，在資格審查上他們也自己簡化流程了。

片刻後，對方笑著告知玲奈，「審查通過嘍！」

玲奈沒有特別感覺，她知道依照這個方法，基本上不會被拒絕。

接下鑰匙，玲奈目送房仲開著公司的輕型車離去。雨勢逐漸加大。這一帶都是閑靜的住宅區，這間獨棟房屋也隱沒在周遭毫無特色的景觀中。地點位在江戶川區北小岩，離京成小岩站有一下段距離，因此人煙也頗爲稀疏。

玲奈走出玄關，在雨中繞到房子後面，停車位上是一輛豐田Prius。開著日產Gloria離開公司後，她隨即在附近的停車場換乘這輛車。既然她讓便衣警車拋錨了，警方必會聯絡緊急部署網。路檢的第一號目標應該還是沼園賢治，但想必也會特別交代，要留意開著Gloria的女性三人組吧。車子可能也已成爲車牌辨識系統的目標。不過換成Prius就能順暢地開上高速公路了，直到這裡都一路無阻。

玲奈打開後座車門，向凜伸出手。凜走下車，不安地頻頻張望四周。她們和琴葉快步走進屋裡。

註：該協會為需要訂房屋租賃、工作等契約，但苦無保證人的民眾，提供保證人介紹的服務。

打開斷路器，點亮電燈後，陰鬱的空間感受為之一變。不過，要放鬆還早。玲奈關上所有鋁製擋雨窗。

瓦斯表在廚房後門外。要啓用瓦斯，必須親自前往東京瓦斯公司，雖然玲奈準備了假名，還是盡可能不想在營業所留下入住紀錄。她自己動手操作。先將橫向的把手扳直，打開黑色蓋子，按下按鈕。紅燈閃爍，顯示狀態異常。玲奈將事先準備的磁鐵靠近紅燈，確認聽到輕微的破裂聲後，再次按下按鈕。紅燈變成不再閃爍的正常狀態，如此便在未和瓦斯公司簽約的狀態下，完成瓦斯啓用。直到下次抄表前，至少有一個月都不會被人發現。

玲奈也不打算聯絡電力和自來水公司。她同樣有辦法啓用水電，連假名都無需派上用場。

她走進玄關。大門內側的鎖是旋轉鈕設計，將旋鈕由縱轉橫就能上鎖。但玲奈將旋鈕固定在斜向，如此一來，外面的人就無法插入鑰匙。

凜和琴葉坐在客廳的角落，兩人相互倚靠。玲奈打開房間裡的瓦斯電暖器，溫暖的風徐徐吹出，室內氣氛終於安穩下來。

玲奈問凜，「弄丟的手機裡，有什麼重要事項嗎？」

凜的聲音細若蚊鳴，「警察很嚴肅地告誡過我，所以買新手機後我就什麼也沒記，也沒有用電子郵件。」

「手機的電信公司是？」

「au。」

玲奈取出在秋葉原買的免綁ＳＩＭ卡手機，插入香港製的ＳＩＭ卡。她按下號碼，0077-7-113（註），並將手機交給凜，「這支電話是安全的。請您向電信公司停用原先的號碼，只要輸入您的手機號碼和密碼就可以了。」

凜顫抖著接下手機。她小聲道謝，又望著玲奈說，「紗崎小姐眞是意志堅定的人，和我不一樣。」

玲奈胸口掠過一絲空虛，她不過是選擇了必須經常被迫做出決定的生存方式罷了。她驀地注意到凜不經意吐露的一句，「和我不一樣。」這句話是什麼意思？她對本身的迷惘是有自覺的嗎？她可能也常爲自己的優柔寡斷所苦吧。

玲奈問凜，「爲什麼當初要結婚？」

註：au為日本三大電信業者之一，此為au提供用戶掛失手機的專用號碼。

凜泫然欲泣地垂下視線。這個問題或許對她太過殘忍。凜哽咽著說，「他進了我家之後，就強迫要求同居，那之後我也沒辦法出門了。可是不知道爲什麼，我總覺得被他毆打是我的錯。如果他晚上值班不順利，回家就用皮帶打我。沒有多久後，就叫我在結婚登記書上簽名。妳們可能會覺得很奇怪吧，可是對我來說，不加抵抗才是正常的。」

雖然分居後恢復了舊姓，但凜在法律上仍未離婚。玲奈說，「如果是被強迫結婚，不需雙方同意就可以離婚。」

「家暴庇護所也是這麼教我，可是……」凜的睫毛激動地顫抖，再度濕了眼眶，「我好怕，什麼都做不到，也不敢去區公所。雖然還能去上班，但感覺我只要去申請離婚，賢治就會立刻現身。」

一般來說，家暴加害者反覆無常的溫柔表現，往往讓被害女性處於猶豫的狀態，無法鐵了心切斷彼此的關係。但凜的情況似乎並不相同。她從十幾歲起就被迫依附於強大的力量下，或許因此深信，唯有放棄抵抗才是保護自己最好的方法。而這又導致更進一步的暴力，形成惡性循環。

然而，並不能因此否定凜的人格。女性隻身一人抵抗無理的暴行，是不可能的，玲奈想著。咲良爲此失去性命，而我則不得不改變自己。

玲奈沉穩地說，「等到一切結束，我也會幫助您處理離婚手續。」

凜深深凝視著玲奈，「謝謝。」她說，忽然又想起了什麼，「紗崎小姐，當時的那位警察，窪塚先生。」

突如其來的感傷萌生，玲奈的喉頭彷彿鯁著些什麼。她問道，「他怎麼了？」

「我……」凜的眼淚滾滾落下，「我值得讓他拯救嗎？」

玲奈心中的悲傷暗潮洶湧，凜令她無比心痛疼惜。她卻遲遲說不出安慰的話語，說不出「妳是有價值的。」

玲奈也想相信，生命和人生是有價值的。但橫亙在眼前的現實，總是不斷否定這件事。她只能繼續深入濃霧密布的森林，再也無法脫身，早已沒有退路。

寂靜中，遠雷作響，正如和咲良依偎而眠的那個夜晚。她們用棉被裹住身子，雷鳴反覆在耳邊低語。咲良和自己都一直在逃跑，恐懼與不安緊緊追逐在後，永無休止。只能關在房間裡，兩個女孩緊緊倚靠著彼此顫抖，現在也同樣對外界的情況一無所知。

重複的電話語音聲，將玲奈從茫然喚回現實。凜仍然哭泣著，無助地望著玲奈。玲奈用眼神示意她趕緊操作手機，凜點點頭，目光回到手上，眼淚仍不斷滑落。

凜慢慢操作按鈕。玲奈離開房間，經過走廊往玄關方向去時，琴葉追了上來。

琴葉悄聲說，「三餐該怎麼辦？我們也需要各種日常生活用品。睡覺的話，至少還需要毛毯。」

「我們至少可以在這裡住上一個月，不會被任何人察覺，所以在附近走走沒關係。購物就由我跟妳輪流去就行。」

「那今天就讓我去，玲奈姊陪在市村小姐身邊吧。」

玲奈心中閃過一絲憂慮，她不想讓琴葉獨自在陌生的地方走動。但是，她也不能耽誤同事學習的機會，她不想剝奪琴葉成長的契機。

琴葉沒有駕照，徒步能到的範圍有限。玲奈交代她，「出門右轉直走，有一家滿大的超級市場。」

「我知道了，我也得記一下這裡的住址。」

「不用記，不知道比較好。就算一開始還會記得對其他人隨口亂編，但中途往往會不小心說溜嘴，洩露眞正的住址。外出在附近逛逛就好，以不會迷路的距離爲準。不要搭公車或電車，有人叫妳峰森小姐也絕對不要回應。」

琴葉有些納悶地點點頭，「其他還需要我做什麼嗎？」

玲奈仔細思考，突然靈光一閃，她拿出羽生百合子的壽險合約，單獨撕下用印欄的部分，交給琴葉。「別弄丟。這個印的直徑是十三點五公厘，也就是所謂四分半尺寸的印章。超市隔壁有一家印章店，妳請他們做一個擴大到五分的印章。」

「同樣的蓋印等比擴大嗎？爲什麼？」

「印章一天可以做好。從這裡出去往左邊直走，第二個十字路口右轉，還有另一家印章店。妳明天就去那家，拿五分的蓋印給他們看，請他們做一個縮小到四分半的印章。」

法律禁止直接拿蓋印製作成相同的印章，店家也不會接受委託。不過若使用這個方法，就可以僞造一個羽生眞正的印章。既然要僞裝成羽生百合子，一旦發生什麼緊急狀況時，有眞正的印章會更容易蒙混過關。

玲奈繼續指示，「夜間禁止外出，鑰匙不能帶出屋外。身上只能帶最低限度的現金。回來時要敲五下門，不要按電鈴，以免鄰居聽到。」

琴葉點頭，「請交給我。」

打開大門，玲奈送琴葉出去。外面的空氣冷颼颼地吹入，不止息的雨聲籠罩這一帶。住宅區天色已近晦暗，數間房子外的景色早已朦朧不清。琴葉打開摺疊傘，笑著跑入黑暗。

玲奈望著她逐漸遠去的背影，難以言喻的憂愁油然而生。玲奈切斷這難受的感觸，關上大門，將旋鈕轉至斜向固定。

18

下午五點多，在傾盆大雨中，坂東趕到豐島區的飯倉大學附屬醫院。

「野放圖」的領袖淀野瑛斗正在這裡治療。雖然始終昏迷，但主治醫師認爲他仍有清醒的希望。直到今天，淀野的病情突然急轉直下，陷入危篤，坂東這才收到通知趕來。

他如電話裡說的走到一樓加護病房，走廊上擠滿了人，但眾人的動作卻沒有緊張的模樣。現場氣氛異常沉重，坂東的直覺告訴他，來晚了。

病房外已集結大批調查員，另一個係長船瀨湊到坂東耳邊說，「淀野大概半小時前死了。」

這麼多警方人士聚集在此，當然不是爲了追思或悼念這個灰道集團的首領，鑑識課員已經進駐。正午過後，淀野就陷入病危，醫生在下午兩點通報警方，表示淀野的點滴液中疑似混入異物。

病房地上掉了一個肌肉鬆弛劑的空安瓿瓶，這種藥物會阻斷大腦傳出的訊號，減低肌肉運動。淀野的人工呼吸器也被移除，院方判斷他是呼吸衰竭後，最終窒息致死。

按照規定，淀野的病房前日夜皆有一名警察監視。不過，今早有幾個住院的孩子起床後，把病床推著到處玩耍，警察爲了制止他們，便暫時離開位置。根據那群孩子的說法，是一個女醫生付錢叫他們這麼做的。

船瀨喃喃說著，「這是紗崎玲奈的手法。」

病房前也設有監視攝影機，坂東和船瀨一同在警衛室確認錄影畫面。在犯行發生時段，一個人影迅速接近空無一人的病房。

此人身材纖細，穿著手術衣、帽子和口罩，也沒忘記戴上手套，準備得滴水不漏。而且顯然已掌握監視器的位置，畫面幾乎只拍到背影，但勉強看得出是位女性。

根據錄影畫面的時間軸，她在病房內待了四分多鐘。走出病房門時，她終於正面面向鏡頭，但只有露出眼睛，迅速的動作也造成畫面模糊。即使想用電腦技術改良畫面，效果也有限。

擔任主任的加藤警部補走進警衛室報告，「已經給那些孩子看過紗崎玲奈的大頭照了，很遺憾的，因爲戴著口罩難以辨認，他們還是無法證實那個人就是紗崎玲奈。」

船瀨氣得滿臉通紅，「那很明顯就是紗崎玲奈！聽說淀野意外是個膽小鬼，等他恢復意識，就可能證實紗崎當時人在現場。」

現在已沒有必要再回顧狀況。坂東表示同意，「只要有淀野的證言，其他『野放圖』的成員應該也會同聲附和吧，他是我們的關鍵證人。」

「被她愚弄成這樣，要是還說因爲沒有物證不能逮捕，就太沒道理了！」

坂東點頭同意。確實已累積了許多間接證據，馬上就要超過司法常識判斷的範圍了，逮捕紗崎玲奈只是時間的問題。如同踩在未乾水泥留下的足跡，這已是再明白不過的事實，坂東對自己說。

玲奈、凜和琴葉在安全屋裡度過一晚。早上九點過後，玲奈向琴葉交代完事情便獨自出了門。豐田Prius的鑰匙放在客廳，她不打算開車。

雨已經停了。玲奈朝京成小岩站走去，時時確認後方是否有人尾隨。途中她進入一間服飾大賣場，買了樣式樸素的開襟針織毛衣和裙子，在店裡直接換上，原本穿的衣服則丟進垃圾桶。

免綁ＳＩＭ卡的手機專門給安全屋使用，因此留在客廳裡，玲奈用的是自己的手機。她搜尋警方公布的可疑人士情報網，顯示足立區新西井的治安特別差。接著再搜尋那附近的週租公寓，並在搜尋欄裡輸入關鍵字「凶宅」或「告知義務」。

凶宅多半空房多，業者也積極出租，不過玲奈選擇凶宅還有其他理由。

她轉乘電車，抵達西新井站，前往拜訪管理出租公寓的房仲業者。公寓位在環狀七號線後方，玲奈選擇一樓的房間。這次她光明正大出示自己的駕照，公司名稱也填入須磨調查公司，現居地址則照實寫上員工宿舍公寓的８０１室，最後署名，紗崎玲奈。

上午十點半，玲奈獨自待在租來的房間裡。由於是週租公寓，裡面的家具一應俱全，除了床和電視，廚房也有瓦斯爐和手電筒。

既然她直接使用本名簽約，就會有人聞風而來。只是第一個到的不會是警察，她推測是偵探業者，而且是厲害又非法的傢伙。

如果是警方，只能以調查之名，動員大量人力進行大範圍地毯式搜索。而偵探則會持續在一些治安較差的地區監視凶宅。這些房子由於便宜、出租門檻低，許多離家的人會選擇躲在這裡。嚴格來說，登入房仲業者專用的情報網站是違法的，警方不會隨便使用。不過偵探沒有這個限制，應該很快就會有人察覺玲奈的動向。會立即對紗崎玲奈四個字做出反應的偵探，唯有澤柳菜菜。

玲奈突然察覺到什麼，喚起她內心的警戒。

透過窗簾，她看到有人潛伏在庭院裡。那人彎著身子，好像正在處理什麼物品。

真快，玲奈這邊還沒準備好應對措施。

需要防禦用的遠距離攻擊道具。她快速拔下電視插頭，用自己帶來的工具開始拆解機體。首先剪斷電線，用以取代接腳和線圈。從電視機零件中拆下馳返變壓器，以及附散熱器的功率電晶體，也將電路板上的電阻器拔下。

接著撕下廚房瓦斯爐的鋁箔紙，包在外面形成電容器。取出手電筒的電池，排成串聯的供電組。在鐵芯上繞線圈，再用絕緣膠帶包覆，將所有零件組合成一個完整的物體。

這個可以單手持握的道具有些簡陋，但一旦接通電極，接腳尖端便會迸發青白色的閃光，伴隨劃破空氣的刺耳聲響。比市售商品更強大的自製電擊棒大功告成。

時間來到上午十一點。玲奈從窗簾縫隙窺看庭院，可疑人物已經不見蹤影。

若只是關在房裡，不知道要多久才能和對方交手。玲奈決定自己主動現身，她拿著電擊棒走出公寓。

由於鄰近西新井站，即使小巷也有行人通過。玲奈看似悠閒散步，但已感覺到背後有人的氣息。

她站在咖啡店前，假裝張望店內，其實在觀察櫥窗玻璃上的倒影。一個穿連帽上衣的男人從後方經過，手上拿著白色塑膠袋，看似正從便利商店回家，但袋內物品的形狀令人在意。玲奈仔細傾聽，男人的腳步聲逐漸遠去，在一小段路後停下。玲奈推測他八成躲在電線桿後面伺機而動。

玲奈動身返回週租公寓，在半路繞過一個轉角後隨即止步。等待腳步聲接近，玲奈猛然伸出電擊棒，前端按在來者的脖子上，接通電極。

在大白天也能清楚看見閃電般的光芒，男子慘叫一聲，跪倒在地，手上的塑膠袋也飛了出去。

男子年約三十歲上下，他按著自己的脖子，痛得咬牙切齒。這人絕對是偵探沒錯，但和玲奈的預料相反，他不是地下業者。

隱約可看出塑膠袋裡裝的是公事包。一般來說，偵探都會在包包裡準備幾個全新塑膠袋，當需要跟蹤或監看時，就用塑膠袋裝著包包，裝成剛從附近購物回家的人。

男子方才拿的塑膠袋上，印有LAWSON便利商店的圖案，但上面的英文字卻寫成

「LOWSON」。有些偵探會在空白塑膠袋印上商標做成專用道具，但會稍微改變部分設計，避免擅自使用商標遭到控告，地下業者才不會管這麼多。至於哪家事務所會用「LOWSON」的袋子，玲奈也很清楚。

玲奈冷冷地說，「是茅場町的依田綜合偵探社吧？報上名來？」

男子面容扭曲，慢慢站起身，態度強硬，不發一語。

沒有時間跟你耗。玲奈再次伸出電擊棒，男子急忙大叫，「等等！」顫抖著遞出名片。

確實是依田綜合偵探社，名字叫鴨井秀一。玲奈有些不解，爲何會被正規的偵探事務所盯上？

因爲必須顧慮往來路人的目光，玲奈命令鴨井待在原處，獨自走回週租公寓。

她打開信箱。明明才剛入住，就已經收到兩封信函。其中一封是宅急便的招領單，寄件人姓名寫得很潦草，無法判讀，顯然是故意爲之。「隨即再來拜訪」的文字下方，寫著可直接聯絡司機的手機號碼。

玲奈忍不住嘆氣，取出手機撥打電話。鈴響第二聲時，一個男聲接起電話，「篠原運輸。」

玲奈開口，「沒有這家公司。你是爲了讓我打電話回去，拿到我的電話號碼，這做法是東銀座的嶋事務所吧？可以快點現身嗎？」

她說完就逕自掛了電話。另一封信是廣告傳單信封，收件人不是玲奈。信封上寫著「西裝展示會通知單」，可能是寄給前任房客的。但摸一摸信封就發現，裡面裝了某種厚卡片。

玲奈再度拿起手機，上網搜尋後撥出電話。一個女聲應答，「竹內調查事務所。」

「請轉告在西新井監視紗崎玲奈的偵探，他已經曝光了，趕緊現身。」掛斷電話後，玲奈站在原地等待。

不久，鴨井和另外兩個男人頹喪地走出來，三人都一臉窘迫。玲奈見過其中一人，是嶋事務所的黑川，大約半年前被玲奈揭發他私吞委託人的諮詢費。最後一個大概就是竹內事務所的人了，玲奈把信封扔給他，男人倉皇接住。

玲奈說，「在會被人丟掉的信件裡放入防盜標籤卡，就能到垃圾集中場用偵測器找出目標的垃圾袋，翻找垃圾探查內情。這是竹內調查事務所的慣用手法。」

男人僵著臉，「一旦丟掉垃圾，就表示放棄所有權了，就算我帶走垃圾也沒有違法。」

黑川輕嗤，「眞是老套的做法，竹內調查事務所。」
男人立刻反脣相稽，「哪像你一秒就被看破了。」
玲奈向男人問，「你叫什麼？」
男人畏縮地看著玲奈，「兒玉。」
玲奈掃視三人問道，「有何貴幹？」
鴨井抱怨，「幹什麼這麼凶？我們也是在工作啊。反偵探課，昨天緊急成立的。」
玲奈不禁蹙眉問，「那是什麼？」
黑川指著兒玉說，「是竹內調查事務所率先開始的，中央分部的成員都同意在自家公司設立反偵探課。」
兒玉急忙又指向玲奈，「那原本可是須磨社長的提案。因爲紗崎玲奈嚴重的違法行爲，已經給業界帶來危機，所以我們也成立反偵探課來盯著妳。」
鴨井認同地點點頭，「要取得揭穿紗崎玲奈違法的證據，並向上通報。公司命令反偵探課職員輪流排班，全天候監視，直到找到證據爲止。」
玲奈滿心不耐。原本該是爲了澤柳菜菜設下的陷阱，現在驚動這麼多人，就沒辦法察覺她是否有何動靜了。而且有這些男人看著，她也不能回北小岩的安全屋。跟警察不同，這些偵探知道各種旁門左道，很難擺脫他們的跟蹤。連用手機聯絡都有危險。

玲奈轉身離去，只丟下一句，「都給我滾。」

黑川的聲音從背後傳來，「就跟妳跟監其他偵探一樣，之後各公司的反偵探課會愈來愈多的。」

走進大門前，玲奈停下腳步。在她房間外的矮樹叢遮蔽下，有個刺眼的東西貼在外牆上。她拔下那個無線隔牆監聽器，扔向三個男人。玲奈頭也不回地走進公寓。

19

時鐘顯示下午五點。安全屋客廳的百葉窗完全拉上，宛如整天都處於黑夜之中。在朦朧的照明下，只有琴葉與凜兩人坐在地上用餐，兩人捧著超級市場買回來的便當，連一張桌子也沒有。

凜始終沒什麼食慾，午餐時不過吃了幾口麵包，便當好像也只有打開盒蓋而已。

琴葉開口，「要沖澡嗎？我買了浴巾跟洗髮乳，也有潤髮乳跟沐浴乳。」

空氣中只有令人徬徨的沉默。或許是沒什麼睡的關係，凜看起來比昨天還要虛弱。

半晌後，凜帶著筋疲力盡的眼神低聲問，「紗崎小姐去哪裡了呢？」

琴葉支吾著，不由得垂下視線。玲奈說今天不會回來，但沒有說要去哪裡，也叫她不要打電話。無法聯絡，兩人只能癡癡等她回來。

琴葉重複著說過無數次的話，「如果是玲奈姊，採取的一定是最好的方法。不論多厲害的偵探，也絕對不會找到這裡，請放心吧！」

凜手上的筷子不住顫抖著。直到如今，恐懼還是無法退去。看著這樣的凜，琴葉只能感到心痛，卻做不了什麼。

手機鈴音突然劃破寂靜。凜嚇了一跳。琴葉一邊安撫凜，一邊接起手機。

應該是玲奈打來的吧，不是說不聯絡嗎？琴葉看向螢幕，而隨即映入眼簾的，是令人難以置信的畫面。

方才響起的不是電話，是電子郵件的收信鈴聲。畫面上的信箱地址和她熟悉、但是一直連絡不上的地址不同。主旨只有短短一句，來自彩音。

是姊姊寄來的，琴葉壓抑著激動，點開郵件。

琴葉

抱歉這陣子沒跟妳聯絡。跟哲哉分手後，我連說話的力氣都沒有。直到現在我還是會不時想起當時的情況，覺得自己做了無法挽回的事。工作我辭了，現在無所事事，什麼也做不了。琴葉，很抱歉讓妳受苦了。我決定了，今天晚上七點，我要從棧井平交道開始新的旅程。幫我轉告爸媽，讓他們添麻煩了。家裡的迪奧化妝包就給琴葉吧，我走嘍。我們也曾經有過許多開心的事呢。工作加油喔，再見。

彩音

身體彷彿被澆了盆冷水般僵冷，琴葉突然呼吸困難地咳了起來，才發現自己竟忘了要呼吸。

雖然信箱地址不同，但看文章就能確定是姊姊。彩音知道琴葉非常想要那個化妝包，還刻意炫耀給她看，兩人因此大吵一架，這是連父母都不知道的往事。

凜輕聲問，「怎麼了嗎？」

她的聲音將琴葉從煩惱的漩渦拉回現實，凜擔心地望著琴葉。

即使回過神來，琴葉和凜之間的氛圍已與方才全然不同，連眼前對象的意義也驟然一變。直到剛才，琴葉都覺得凜是如此可憐，無比令人同情；此刻卻覺得那不過是杞人憂天罷了，甚至想責備她「別以爲別人的煩惱全是爲了妳。」

凜原本顫抖的手，現在換成琴葉的了，連操作手機都很困難。但她還是從文章內反白複製了「棧井平交道」，進一步搜尋。

是JR豐田站跟八王子站中間的平交道。因爲人車稀少，周邊也沒什麼住家，電車是以高速行駛經過的，柵欄降下的頻率也很高。這裡因多起平交道事故出名，動機多半是自殺。

琴葉陷入一種房間歪斜，空間異常的錯覺。脈搏聲鼓動著耳膜，心中像是狂風暴雨般無法冷靜。

琴葉與凜四目相視。面對於畏懼的凜，琴葉突然湧起一股衝動，想激勵她鼓起勇氣。爲什麼會這麼想？琴葉混亂不已。然而，她內心的想法仍逐漸清晰起來。

琴葉彷彿像在說給自己聽，「這個家絕對沒問題，暫時獨自一人也沒關係吧！」她想再次斬斷拋下凜的罪惡感。宛如要勉強壓下自己無形的不安，她鼓勵著要凜放心。琴葉明白這是自己的任性，可是她現在實在無法理出頭緒。

沉默片刻後，凜擔憂地說，「請讓我一起去。」

琴葉拉高聲音，一個勁說了起來，「今天早上跟中午，我出去買東西的時候，不是也沒發生什麼事嗎？我有很多東西要買，還要去印章店，花了很多時間，但都沒有任何問題。玄關的鎖請記得轉成斜的喔。」

「峰森小姐。」凜察覺了琴葉的意圖，淚水在眼眶中打轉，「不要丟下我一人。」心跳飛快，彷彿要撕裂般疼痛。琴葉甚至對凜充滿依賴的眼神感到不耐煩，卻又無法視而不見。躊躇不斷侵蝕著她的內心。玲奈也說了，夜間禁止外出。沉重的責任感讓琴葉難以負荷。

「妳不要這樣。」琴葉難過地想掉淚，「不要這樣。」

20

一道雜音劃過耳膜，是玻璃破裂的聲音。玲奈屏息起身。

週租公寓一處的玻璃窗大開，吹進屋的風讓窗簾搖曳飛舞。闖入者自落日後的黑夜現身，顯然是個男人，但玲奈花了幾秒才認出他是沼園賢治。護目鏡和口罩遮住了來人面貌，他背著背包，抱著噴灑農藥用的蓄壓式噴霧器，裝扮怪異。

玲奈立刻伸手探向床上的電擊棒，但一團混濁的白霧瞬間遮蔽視線。沼園噴出氣體。

一吸入氣體，玲奈馬上感受到異樣變化。黏性的液狀物質在喉嚨深處擴散，堵塞氣管。玲奈霎時陷入呼吸困難，動作立刻變得遲鈍，手抓不到電擊棒，也沒有力氣改變姿勢避開敵人。

沼園抓住玲奈肩膀，讓她正面朝上。眼前出現噴霧器的噴嘴，白濁氣體近距離撲面而來。玲奈幾近窒息，只能拚命嘶喘著尋求空氣。她拖著身體滑下床緣，倒臥在地上。噴霧裡的水分似乎有強烈揮發性，相較於大量吸入的玲奈，沼園就算脫掉護目鏡和口罩，似乎也不太受影響。

片刻過後，玲奈稍微可以呼吸了，但她的意識已朦朧不清，宛如被噴滿驅鼠藥的老鼠。

沼園呈大字型挺立，俯瞰著玲奈，發出低吼般的聲音，「只有妳一個人嗎？凜在哪裡？」

玲奈眼眶泛出淚水，想咳嗽但控制呼吸的肌肉卻不聽使喚。胸口劇烈絞痛，感覺肺簡直要潰爛了。

她想要嘔吐，極度不適。隨著呼吸些微恢復，她慢慢坐起來。雖然想抵抗沼園的暴行，但動作仍十分遲緩，只能從喉頭勉強擠出，「住手……」

噴霧隨即襲來，呼吸再次受阻。玲奈努力抵抗胸部持續的壓迫感，劇痛與悲憤逼得淚水滑落，身體完全動彈不得，意識逐漸渙散。

沼園的高聲尖笑響徹房間。白煙一噴，又一噴，不斷湧出瀰漫視野。

玲奈手腳開始痙攣，唾液滑下嘴角，意識近乎脫離，即將昏厥，她知道自己已經沒感覺了。

此時，玲奈上方響起硬物相互撞擊的聲音。

噴射停止了，一片濃霧中，玲奈勉強看出沼園的異狀。

沼園的頭頂冒出鮮血，從前額流下染紅全臉。他遲疑地慢慢舉起雙手，按著左右兩邊的太陽穴，身體向前彎曲，踉蹌搖晃，倒退幾步後不支跪地，趴倒在地上。

站在他身後的，是白天遇過的同業偵探。嶋事務所的黑川有些呆愣地站著，低頭看著地上的沼園。他手上垂著一隻襪子，裡頭看似放了重物。「打下去了。」他說。

進屋的不只黑川，除了鴨井和兒玉之外，還有幾個初次見面的男人陸續走進來。大家都沒脫鞋。幾個人幫忙玲奈起身，玲奈坐在床上，以前傾姿勢保持氣管暢通，不斷劇烈咳著。

這群偵探幾乎都用手帕掩著口鼻，包括正在幫玲奈拍背的鴨井，「妳還好嗎？」周圍大夥一片手忙腳亂，不僅窗戶全開，爲了讓空氣更加流通，連玻璃門都整個拆下來。一打開玄關門，強風便如潮水湧入。也打開了換氣扇。

其中一個蓄鬍的男人特別年長，他端詳玲奈的臉，「名不虛傳，果眞是浪費了這般美貌的臉。」

玲奈依舊咳個不停，硬擠出聲，「這瘀青是之前的。」

男人盯著她的臉一會兒後，輕輕點頭，「不知道妳吸進了什麼東西，不過看來沒有傷到大腦。還能說話吧，紗崎玲奈？我是——」

玲奈認得他的臉，「竹內調查事務所，竹內勇樹社長。」

竹內頗爲訝異，「我想我應該沒有見過妳。」

「我用望遠鏡偷看過你的社長室。重要的合約文件都藏在招待客人用的沙發椅背裡。」

「我可以把妳剛剛說的話，當成妳承認犯下對向大樓的侵入住宅罪嗎？」

「想把我交給警察的話，就快點啊。」

兒玉在竹內的肩後說，「社長，和我向您報告的一樣吧？是個野蠻姑娘。」

「閉嘴。」竹內制止兒玉，面對玲奈，「妳的直覺很敏銳。我們看到那個不知哪來的笨蛋打破窗戶闖進來，但我們沒報警，而是選擇自己進到屋裡，就是因爲想直接問話。我們也不會叫警察的，短時間內。」

呼吸逐漸恢復正常，玲奈多少也恢復冷靜了，「如果我被逮捕，業界就不就天下太平了？」

「如果不能搞清楚妳恣意妄爲的原因，那這個業界只會被人批評無能，淪爲世人笑柄罷了。」

其中一個偵探將背包遞給竹內，應該是從沼園身上奪來的。

玲奈看著倒在地上的男子。他正用偵探給的毛巾按著頭頂止血，雖然意識清楚，但似乎還沒辦法自己站起來，對偵探的質問也只是含糊碎念。

竹內從背包裡取出一本檔案冊。玲奈倒抽了一口氣。那是她熟悉的封面，用印刷字印著「調查報告書」。

竹內打開檔案冊，「用釘書機裝訂的，還很新。給『沼園賢治先生』，『調查對象，市村凜』。所以這傢伙是『野放圖』事件的其中一個家暴加害者。『委託調查事項，確認並追蹤調查對象的行動』。在今天的日期後寫著，『調查對象自須磨調查公司出發，與該公司反偵探課紗崎玲奈與峰森琴葉共乘日產Gloria。車牌號碼參照附件。』」

一樣是相同的文體。玲奈的警戒心逐步高漲。

竹內翻頁，「看來沒掌握到後續的行蹤。下一個情報就是隔天，也就是今天的日期。『確認紗崎玲奈位於週租公寓西新井1－A室』。我本來以爲製作這個的是我們同業，但看來應該不是。上面沒有偵探業認證編號，是地下的業餘偵探。沒聽過這個業者，是女的？叫澤柳菜菜。」

衝擊瞬間竄流全身，喚醒原本遲鈍的身體，玲奈從竹內手裡搶過檔案。

最後一頁向來都是空白的，從來未曾署名。而現在多了一行字，清清楚楚記載著，「調查負責人·偵探澤柳菜菜」。

兒玉露出困惑的表情，「澤柳菜菜嗎？我記得她是每任丈夫都死因可疑，所以被懷疑的女人吧，我不知道她是偵探。」

依田綜合偵探社的鴨井附和，「我們公司也接到她前夫家屬的諮詢，說是警方靠不住，想改走民事訴訟。不過後來我們沒能找到澤柳，調查也就無疾而終了。」

玲奈心跳加速。除了須磨調查公司之外，也有人接到調查委託。不知道是同一名前夫的家屬，還是其他被害者家屬提出來的。

竹內從背包裡翻出幾張收據，「他去藥局買了不少東西吶。漂白粉、乙醇、硫化鈉試劑。在便利商店買了清潔劑、點心組合包、打火機油。在汽車用品店買了電瓶補充液，還在五金店買了噴霧器。」

玲奈說，「如果那是鹽酸性的清潔劑，可以拿來充當稀鹽酸，先加熱後，用點心組合包裡取出的矽膠乾燥粒使其乾燥。電瓶補充液可以充當濃鹽酸。雖然威力比較弱，但跟芥子毒氣的成分相同。」

「哦，」竹內看著玲奈，「對這些危險玩意很清楚哪，不愧是須磨社長的弟子。」

「我不是弟子。」

竹內輕嗤一聲，離開玲奈身邊，「喂，沼園。你是工業高中輟學的，對吧？應該不可能自己製作精煉毒氣。配方是澤柳菜菜給的嗎？調查報告書是在何時何地拿到的？」

沼園沉默不語。竹內用鞋跟踩上沼園的頭，他隨即哀號不已。

現出本性了，玲奈想。偵探事務所的社長，原本就不可能遵守法令地經營公司。

沼園悲慘的叫聲迴盪在房內，「今天下午，我從代代木車站，搭下午一點二十分往三鷹的總武線，信封就夾在第一節車廂的滅火器後面。澤柳用臨時電子信箱傳郵件來，我就去拿了。一直都是這樣的。」

竹內質問，「所以你不知道她的長相？」

「見都沒見過啊，眞的！一開始就是『野放圖』介紹的，那個事件後，澤柳自己發郵件來跟我接觸。說是代替原本應該退給我的錢，要幫我找凜在哪裡。」

玲奈檢視手裡的檔案。用紙雖一如以往，製作卻很粗糙，應該十分匆忙。紙張有折過兩折的痕跡，折痕上的字跡略爲不完整，可見紙應該在印刷前就折過了。

竹內似乎突然察覺到什麼，銳利地盯著玲奈，「妳原本的目標是澤柳菜菜嗎？想把她引到這個房間吧。」

黑川嘆了口氣，「眞是危險的作法。爲了一個非法業者，有必要做到這樣嗎？」

內心深處沉澱著晦暗的感傷，玲奈猶豫了。如果閉口不談，竹內八成會去問須磨，這樣只會讓調查業協會更加混亂。

玲奈低語，「六年前，向岡尾芯也透露我妹妹行蹤的偵探，就是澤柳菜菜。」

房裡安靜下來。大型車駛過環狀七號線，傳來輕微的震動聲。

竹內注視著玲奈，片刻後轉向兒玉，「我們公司是什麼時候調查澤柳菜菜的？負責人是？」

「是藤原，詳細情形得問他才知道。」

「那就連絡他。」竹內環視所有偵探，「要不要集中各家公司的情報？希望各位可以聯絡你們的社長尋求幫助，就算找不到澤柳人在哪裡，把調查過程的細節蒐集起來後，或許也能理出一些頭緒。」

令人意外的提案。玲奈不可置信地看著竹內。

兒玉的表情有些複雜，「不應該通報嗎？不管是調查哪邊，我們都有向警方報告的義務。」

竹內看著兒玉，又轉向玲奈。

「我知道。」竹內正經地說，「不過調查還沒結束前，也沒辦法報告。無論是澤柳還是紗崎，非法偵探都要由我們來揭發，因為我們是反偵探課。」

竹內險峻的神情並不友善。他走向門口的同時，不停發出指示。玻璃門裝回去。別叫救護車，開車載沼園去醫院。受傷的原因就隨便打發過去。不是想把事件永遠壓著，只是不想在調查結束前驚動警察。

玲奈的心情既憂傷又空虛，她原本也沒有期望過，誰能和自己站在同一邊。

世界並非只有憎恨與厭惡。她原本認為，那是窪塚才能辦到的事。然而昨天，偵探課的佐伯卻挺身保護了她，現在也一樣。

偵探逐一撤出房間，玲奈對黑川說，「謝謝你。」

黑川看著她，「妳聽到竹內社長的話了吧。這些行動也不是專門爲了幫助妳的。我可能也會因爲傷害嫌疑被逮捕，眞是有夠慘的。」

他刻意強調自怨自艾的語氣。玲奈默默地示意黑川手裡的東西。

「啊，」黑川拿起襪子，從裡面取出重物——未開封的罐裝咖啡。他將咖啡丟給玲奈，「挺好用的。事出突然，我也只能想到這種方法了。」

黑川轉身離去。玲奈看向他的腳，只有一邊穿著鞋襪，另一邊光著腳，鞋子大概還丟在外面。

偵探拉起滿臉血的沼園，帶著他離開，房裡只剩下玲奈。喉嚨還有些異樣感，她拉開易開罐，啜飲一口，是黑咖啡。很適合偵探事務所這種企業。

21

琴葉在暗夜中奔馳，經過路燈時趁機看了下手表。快七點了，希望來得及。她沿著鐵道旁杳無人煙的小路一個勁奔跑著。

她在八王子搭上公車，到北野公園附近下車。從那裡到棧井平交道，自己的雙腳是唯一的交通工具。周遭沒有住宅也沒有商家，只有穿行於材料放置場與田野間的一條陰暗小路。JR中央線雖然很多高架橋，但這附近的路段都在平地上。

握著的手機又響了。是安全屋的凜打來的，大概是內心不安吧。這是第五通了。琴葉雖然感到罪惡，但依舊拒接來電，她現在無法冷靜跟凜談話。

側腹彷彿被戳刺般疼痛，腳步開始不靈活，但琴葉仍持續不停奔跑。接近手機地圖上顯示的地址了，前方鐵路呈現緩和的彎度，只是路邊雜草長得很高，無法看到遠處。可以確定的是，前方確實傳來了平交道的警示聲。

警報器映入眼簾，目的地就在前方。這條勉強稱得上馬路的小道上一輛車也沒有，難以想像東京都內竟有這種遠離人煙的偏僻地帶。柵欄一如往常地降了下來。

此時，琴葉看到了鐵路對面的人影。卡其色大衣和黑色連身洋裝，是記憶中熟悉的穿搭。那人的臉龐在紅色警示燈的光芒下明滅閃爍，是姊姊彩音。

「姊姊！」琴葉呼喊著，盡力不讓自己的聲音被週遭淹沒。但彩音好像只是意識朦朧地看著遠方，完全沒留意周邊。「姊姊！」琴葉再次大喊著，用力揮舞著手，希望引起姊姊的注意。

彩音的長髮因風壓飄起。隨著尖銳的鳴笛聲，電車呼嘯而過。車窗燈光閃動，隱約能看出滿載旅客的電車，占據了眼前的視野。地面的震動與轟隆聲響一下子爬升到高峰，不久又漸次緩和下來。電車經過，駛向彼方。

警報器的聲音停止了，柵欄升起。周遭恢復寂靜，獨缺彩音的身影。

琴葉茫然佇立原地。姊姊？她小聲地呼喚，卻無人回應。

琴葉跨越平交道到鐵路另一邊，在彩音剛剛站的附近徘徊著，卻沒有看到人影。

琴葉心中的不安逐漸膨脹，如履薄冰般徬徨無措，眼淚就快奪眶而出。

耳邊突然傳來彩音的聲音，「琴葉。」

琴葉內心一震，猛然回頭，彩音就站在她身後。

但琴葉並未因此放下心來，她屏息注視著彩音。那了無生氣的空洞眼神，也正望著琴葉。

琴葉冷靜下來了。姊姊平安無事，她在心中安撫自己，脫口而出，「太好了。」

「什麼太好了？」彩音用著不知是無法分辨表情的臉孔說著，「因爲姊姊終於決定要自殺了，所以太好了，是嗎？」

「說什麼傻話？」琴葉想握住姊姊的手，「我們回家吧，姊姊。」

然而彩音甩開了琴葉的手，一雙眼睛仍直直盯著琴葉。她突然將兩手張開。

琴葉無法理解，「妳在做什麼？」

「來我的懷裡呀！」彩音自顧自說著，「你很擔心我的身體吧！畢竟我們是姊妹嘛。就算我們吵架了，妳還是無法棄我於不顧吧？」

「姊姊，妳是怎麼了？」

「快來抱我啊！將臉埋進我的懷裡，柔弱地哭泣吧！我們小時候常常這樣啊。」

除了不耐煩，琴葉還隱約感到一絲不舒服。她搖頭，「我沒那個心情。」

「為什麼？琴葉，妳比較喜歡那個女人嗎？妳擁抱玲奈了，對吧？晚上還撒嬌睡在她身邊！妳也跟玲奈一起洗澡了吧？妳上中學之前，在我面前明明也是這樣！」

琴葉的臉頰熱了起來，而脖子以下卻忍不住發寒，混亂得連冷熱都無從分明。琴葉質問，「為什麼要那麼說？」

「我說的是事實啊，因為都是菜菜告訴我的。」

「菜菜是……」

琴葉還搞不清楚發生什麼事，但現實隨即給了她解答。有人從背後牢牢抓住她的雙臂。

琴葉的太陽穴附近感覺得到對方的氣息，耳邊傳來從未聽過的女人的低聲細語，

「妳的後頸跟妳姊姊一模一樣呢。」

全身起了雞皮疙瘩，彷彿髮根被緊緊揪住，神經爲之凍結般令人噁心。

琴葉掙扎著想逃走，但是手臂被疑似澤柳的女人緊緊扣住，無法動彈。想用腳往後踢，但被固定住的上半身令她無法施力，反而讓澤柳趁機抓得更緊。

彩音慢慢走了過來，像能面的面具般毫無表情，手上拿著攜帶型氧氣吸入器。看起來不是醫療用的，而是運動用的市售氧氣罐，但不知道罐身內究竟裝了什麼。

吸入罩迎面覆蓋上來，琴葉拚命轉動脖子想逃開，但澤柳的雙手交錯扣在琴葉後腦杓，將琴葉往前推，連頭都轉不了。

琴葉的淚水湧出，只能發出無力的嗚咽。即使努力不呼吸，不明氣體仍一點一滴進入琴葉體內。琴葉的意識、思考與知覺隨即戛然而止。

22

時間已近夜晚八點，荒川區熊野前站附近的尾久小學校門前，聚集了一群穿著大衣的男人。

玲奈也混在其中。她不情願地坐上竹內調查事務所的五門箱型車，和其他人一起從西新井來到這裡。

這光景簡直就像開玩笑般有夠超現實，玲奈想。隸屬調查業協會中央分部的多家偵探社，各自派出數人在此集合，而且全員都是各公司的反偵探課成員。

他們沒有聯絡須磨調查公司，因爲不想被警方察覺動靜。在這一點上，玲奈和其他偵探想法一致。他們的關係當然稱不上「同伴」，充其量只是「同類」，這就是這個集團內唯一的共通點。

偵探們研究著彼此的文件，竊竊私語交換意見。一陣子後，竹內大聲說話了：

「各位請注意，關於澤柳菜菜，包括敝公司在內，各家公司的調查內容皆大同小異，幾乎理不出任何頭緒。不過ＭＰＩ似乎獲得了一份特殊的情報，請ＭＰＩ的大磯先生替我們說明吧。」

大磯是個前額光禿的中年男子，他緊張地高聲報告，「各位苦尋不著她的行蹤，是理所當然的。澤柳在最後一位丈夫死亡後，就合法變更了名字。由家庭裁判所的紀錄就能知道他現在的姓名是澤柳邦夫，性別是男性。」

眾人爲之譁然，玲奈彷彿受到重擊。

這並非異想天開。只要經兩位以上醫師診斷爲性別認同障礙，就可以到家庭裁判所進行性別與名字變更。申請所需花費，不過八百圓的印花稅票而已。

嚴格來說，其實還需要其他數個條件。必須是成年人、沒有結婚也沒有小孩、沒有生殖器官或永久缺乏生殖器官機能。性器官與異性性器官的形狀相近，也是重要條件。這不可能可以在醫學上僞裝的，難道澤柳天生就是這種身體特徵嗎？

鴫井不解追問，「你說家庭裁判所有紀錄，但沒有一家偵探社注意到嗎？」

大磯搖頭，「照理來說紀錄是可供查閱的，但只有澤柳的審判文件遺失了。相關歸檔文件不知何時遭竊，相關檔案也被刪除。家庭裁判所一直以來都沒有察覺這件事。只有一份新戶籍能證明她的存在，她和父母的親屬關係已經變更，澤柳邦夫變成戶籍上的第一人。」

竹內說，「ＭＰＩ結果是在調查其他事件時，偶然發現紀錄上的漏洞，向家事事件的負責人詢問後，得到澤柳菜菜這個名字。沒有人委託ＭＰＩ調查澤柳，因此她並未被視爲危險人物，這就是至今沒有人把她當成問題的原因。」

大磯滿臉困惑地點點頭，「澤柳邦夫目前沒有在任何地方工作，表面是無業人士。我認爲他是獨自生活，而生活費想必是來自當偵探的收入。到職業安定所找工作，可能是出於僞裝目的。現在住所不明，不過經過再次調查後，取得他的電話號碼。市內區碼是３８９３，也就是在這一帶。」

即使同屬協會加盟會員，各公司之間仍具有各自的保密義務，原則上不會互相公開調查情報。事實之所以會隱瞞到現在，正是基於這個原因。

玲奈也終於明白他們爲什麼會來這裡了。既然知道市內電話的號碼，就不愁要如何查出住址了。

其他偵探似乎也想著一樣的事。黑川指著尾久橋通前方，「那邊那個招牌是比薩店的吧？」

另一個偵探用望遠鏡確認，「是Setta比薩熊野前店。」

黑川拿起手機，應該是在搜尋店家資料。他撥出電話，打開擴音模式，喇叭裡傳出清晰的鈴聲。

接電話的店員聲音也聽得很清楚，「Setta比薩熊野前店，謝謝您的來電。」

黑川說，「我想要叫外送。」

「可以請問您的電話號碼嗎？」

大磯走到黑川身旁耳語，黑川將電話號碼告知店員。

電話另一端傳來鍵盤敲擊的聲音。片刻後，店員說，「是澤柳先生吧，住址是東尾久9－2－4的三河島住宅204房，請問正確嗎？」

偵探彼此交換眼神。大家都很安靜，沒有人高聲歡呼。暗中調查出現進展時，偵探總是這樣的反應。

玲奈無法如此冷靜。雖然她仍沉默地佇立原地，卻已無法壓抑內心如烈火般的激動。

找到「死神」的所在地了，已近在咫尺；然而一股異樣感卻油然而生。

比薩店裡留下了外送紀錄，如澤柳菜菜之輩，也會犯下如此平凡的失誤嗎？

23

琴葉只能勉強撐開眼睛，隨著朦朧的視野逐漸回到現實。她在一個有日光燈照明，但有點陰暗的室內，混凝土牆斑駁剝落，看來像某種工地。環視周圍，到處都是用途不明的生鏽器具；而且莫名悶熱，暖氣太強了。

知覺還是很遲鈍，連自己現在是什麼狀況都不知道，她低頭看才發現自己是坐在椅子上。琴葉看著身上的衣服，記憶一點一滴復甦。在八王子搭上公車，沿著鐵路奔跑，還有平交道。

琴葉這才驚醒，正要起身，卻發現身體離不開椅子。她被綁在椅子上了，雙手被固定在背後。椅腳好像釘在地板上，完全動彈不得。

聽覺也逐漸恢復。耳鳴持續作響，那不是幻聽，而是上方不知名機器運轉的轟隆聲響，低沉且有規律地震動著。鼓膜的刺激不僅於此，琴葉還聽到切割金屬般的尖銳聲響。是某種尖叫聲。她起初以爲是動物，但裡面有時還夾雜著說話聲，大多時候近乎慘叫，而且好像在哪裡聽過。

琴葉終於發現聲音來自不遠處的浴缸。浴缸直接放在混凝土地上，不知爲何裡面還延伸出一條細管線，向斜上方延伸並劇烈搖盪著。線的另一頭連接著櫃子上的機器。

琴葉住過院，她知道那個機器是心電圖監測儀。螢幕上波浪狀的圖形捲動著。以飛快的速度上下起伏，蜂鳴器的間隔也很短。

琴葉挺直背部，盡可能伸直身體，想看看浴缸內有什麼。在看到的瞬間，宛如血液逆流般的恐怖感席捲而來。

橫躺在浴缸裡的人是彩音。她全身赤裸，身體被層層綑綁，胸口貼著心電圖儀的電極貼片。

彩音哭泣著扭動身軀，卻爬不起來，琴葉逐漸分辨出她混雜在哀號中的話語。

「不要！」彩音大叫著，「不要用水泥！救救我，爲什麼要這樣對我？救命啊！」

「姊姊！」琴葉出聲叫喚，但被周遭吵雜聲掩蓋。她用力從丹田發出吶喊，「姊姊！」

「琴葉！」彩音哭叫著回應，「妳也快幫我說啊，叫菜菜住手！叫她不要用水泥！」

「姊姊，拜託妳聽我說，這裡是哪裡？爲什麼會變成這樣？」

「菜菜別這樣，我帶我妹妹來了啊！琴葉不就在那裡嗎？」

「姊姊妳在跟誰說話？這裡只有我們而已啊！」

「菜菜，快住手，拜託妳原諒我吧！我們不是朋友嗎？妳不是說要讓我跟妹妹和好嗎？不要啊，我不要這樣！」

琴葉的淚水在眼眶裡打轉，「姊姊，姊姊！」

「要殺就殺那個臭女人啊！紗崎玲奈那個賤人！全都是她的錯！」

琴葉聽得心驚膽跳，「姊姊，妳在說什麼？」

「救我啊菜菜，拜託！不要這樣、不要這樣啊！」

周圍的噪音突然變得異常巨大，蓋過彩音的聲音，是上方的機器傳來的。正確來說，聲音是來自浴缸上方突出的粗大管線。管線從天花板傾斜伸出，前端連接著噴口。噴口湧出大量半固態泥流，崩落注入浴缸內。彩音的哀號轉爲慘烈的尖叫，不要啊！停下來！

琴葉聲淚俱下地哭喊著姊姊。

彩音渾身是泥，叫聲漸漸聽不見了，浴缸內注滿泥土，彩音全身已被泥土覆蓋，哀號如同混濁的氣泡，最終完全消失了。泥土掉下的速度趨緩，裝滿整個浴缸後，只剩少許殘餘泥土間歇滴落。

令人寒毛豎立的寂靜中，唯有時間持續流逝。塡滿浴缸的泥土表層逐漸發生改變，不久便硬化了。琴葉內心激烈動搖，她終於理解姊姊剛才吶喊的話了，「水泥」。

時間的流逝彷彿沒有盡頭。心電圖儀的波形逐漸緩和，最終不再起伏，蜂鳴器也拉長爲固定音調的長音。螢幕只剩下一條筆直的橫線，不久後顯示文字，心肺停止。

琴葉只聽得見自己的哭喊，再無其他。

24

在趕往新到手的住址路上，玲奈忍不住心急如焚，恨不得早一步抵達。

她還不敢相信事情至今的發展。「死神」澤柳菜菜，就算她不在家，也要闖進去找到她從事偵探業的證據，玲奈暗自決定。

三河島公寓是一棟屋齡頗高的木造二層建築，正前方有機車與腳踏車停放場，幾輛機車並排停放著，沒有所謂的大門。二〇四號房的窗戶亮著燈，玲奈飛快跳動的心臟彷彿要爆裂了。

偵探爬上階梯，玲奈也在其中。竹內敲了敲門，室內傳出腳步聲。房門解鎖，緩緩打開。

命運的瞬間，在近乎詭異的寧靜中降臨。澤柳菜菜現身。對方一身運動服，頭髮削得短短的，膚色略深，臉上有鬍子，是一個徹頭徹尾的男人。然而，他的五官幾乎和畢業紀念冊的照片一模一樣，就像澤柳菜菜的兄弟。只不過澤柳並沒有兄弟姊妹，這無疑是變更性別後的本人。

即使已料到如此，偵探還是一副訝異的反應，玲奈也感到不對勁。澤柳的表情非常柔和。雖然他對這麼一大群人的來訪表現出疑惑，卻沒有警戒的模樣。

竹內開口問，「是澤柳菜菜小姐嗎？」澤柳的表情瞬間僵住，「我早就捨棄那個名字了。」回答的是低沉的男聲。

在一片疑惑中，竹內和澤柳繼續對話。竹內表明自己不是警察，是偵探業者，無論如何都想查明一些事情。澤柳二話不說就答應了。「想看我房間就請便。」他說，「自從成爲男人後，時不時就要被人調查啊。」澤柳嘲諷地說。

偵探展開如同警方的搜索行動。當然，每個人的態度都很客氣，凡要拿取某項室內物品時，必定先禮貌地詢問澤柳「請問我可以看看這個嗎？」

在玲奈看來，這是一個典型獨居男人的家。廚房只有最低限度的用品，衣服全爲男裝，數量只有一個衣櫥。

一名偵探向澤柳詢問他的今日作息。根據澤柳的說法，他一直都在用電腦找工作。玲奈確認他的瀏覽紀錄，確實都是職業安定所的網頁，連線紀錄從昨晚開始幾乎沒斷過。

澤柳也乾脆地出示了改名的相關文件，包括醫生的診斷書及判決書影本等。他似乎不知道家庭裁判所遺失他的紀錄，聽到竹內說明時既驚訝又不解。

除了電腦裡全部圖檔外，澤柳也允許偵探查看他舊時的照片。迫於雙親的要求，他到高中畢業前都留長髮、穿女裝。直到十九歲夏天，如同離家出走隻身來到東京後，才開始做男性打扮。在他身上看不到「承接代客跟蹤業務的不肖偵探」的一絲跡象。

竹內嘆息道，「眞相逐漸大白了。澤柳先生，你只有保社會保險，沒有加入國民健康保險吧？一直都是獨居，成年後立刻申請改名邦夫，家庭裁判所的申請程序意外漫長，大概到兩年前才終於通過認定。你也沒有駕照。我說的對嗎？」

澤柳聳聳肩，「完全正確。因爲我有癲癇問題，早就放棄考駕照了。」

所有偵探立刻都理解了。玲奈大失所望，同時也明白了事情的來龍去脈。

死神不是澤柳菜菜本人。事實眞相是這個凶狠的女性智慧犯，長年以來都盜用澤柳菜菜之名，連戶籍都拿到手了。

九年前，這個女人調查了剛成年的澤柳菜菜的住址、姓名與電話，她從家庭裁判所的改名申請中，找出和自己年紀相近的人。她策劃奪取「澤柳菜菜」這個終將被拋棄的名字，而眞正的菜菜已經對外自稱邦夫，這點也有利於她的計畫。

她先購買廉價的「澤柳」姓氏印章，進行印鑑登記。她到眞正的澤柳菜菜居住地的公所，僞裝成澤柳菜菜，提出戶籍遷出申請。遷入地選在行政管轄不同的其他地區。眞正的澤柳菜菜，就在不知情的情況下「被」搬家了。公所如她預料發出戶籍遷出證明，此時她在申請文件的「有無健保資格」一欄中，註明「有」。當公所要求她交還國民健康保險證時，回答「忘了帶，之後會再寄過來。」就行了。

接著，她到遷入地的公所遞交戶籍遷出證明書及遷入申請，以「澤柳菜菜」的名義取得數份住民票。關於加入國民健康保險的問題，則用「已加入公司的社會保險」帶過。

她以澤柳菜菜之名取得駕照，如此一來便有了附照片的身分證明文件，之後再取得印鑑證明書。過程中，她又向原本居住地的公所表示自己取消搬家計畫，不辦戶籍轉出了。她強調自己還沒向遷入地提交申請，藉此讓公所怠於確認。至此，便成功讓「澤柳菜菜」這個戶籍，同時存在於兩個不同的行政自治體中。

須磨進行調查時，假的澤柳菜菜已經隱藏好自己的行蹤了，而眞正的澤柳菜菜也已完成改名程序，其中秘密就這樣巧妙隱匿了。

眞正的澤柳一點都不信任行政體系，所以在找工作時，不願向職業安定所透露自己的住所和電話號碼。本身背景的複雜，讓澤柳給人行動可疑的印象。

有幾名偵探興奮地向澤柳追問，想必是發現了對調查有利的新事實；然而大部分的偵探都沒有表現出什麼興致，玲奈也是其中之一。

意識到「死神」依舊逍遙法外後，她擔心起琴葉和凜的安全。但在其他偵探的監視下，她還是難以返回安全屋。

玲奈脫離人群，悄悄拿出手機，確定沒有人注意到後，便打給琴葉。

鈴聲重複響著，等了好一會兒仍無人接聽。玲奈又打了幾次，依然如此。

心中隱約浮現不祥的預感，玲奈打給安全屋裡的免綁ＳＩＭ卡手機。

又是無止盡的鈴聲，正當她要不耐煩時，電話接起來了。發顫的細小聲音說：

「喂？」

是凜。玲奈壓低聲音，「市村小姐，琴葉呢？」

「她出門了。」凜的聲音聽起來快要哭了，「我照妳們說的，把玄關門鎖轉成斜的。可是我好怕，我一直覺得賢治會來。」

「不用擔心，沼園他大概沒辦法再來找妳了，但琴葉怎麼會外出？」

「我也不太清楚，她好像突然變了一個人，一直說要去找姊姊……」

玲奈的血管彷彿瞬間凍結。

有人在看她，是黑川。沒辦法繼續說下去了，玲奈交代凜，「請千萬不要出去，我會再跟您聯絡的。」

凜害怕地應允後，勉強掛上電話。

玲奈心頭混亂不已，正試圖讓自己冷靜下來時，手裡的手機震動，發出短促的通知鈴。

是簡訊，來自琴葉的手機。那文字映入眼簾的瞬間，玲奈震懾住了。

致紗崎玲奈　峰森姊妹要死了喔　要像咲良一樣見死不救嗎　好可憐唷　澤柳菜菜

玲奈身體止不住地顫抖，墜入無底洞般的恐怖籠罩全身。

真正的澤柳菜菜人在這裡。邦夫現在正在跟一個偵探說話，手上可沒拿什麼手機。

黑川上前問，「紗崎，怎麼了？」

所有偵探一起看向這裡，但那些視線並未讓玲奈如芒刺在背。她發現自己的知覺麻痺了，宛如在惡夢中徘徊，眼前一切都是如此不眞實。玲奈慢慢向後退。

竹內一臉嚴肅地走向她，「發生什麼事了？快說。」

緊張感驟然高升，玲奈頓時驚醒。和那天晚上一樣，那個咲良在豐橋失蹤的夜晚，不能相信任何大人。

玲奈轉身就往門口跑。「紗崎！」後方有人想叫住她，但她不能停下。

樓梯下到一半，玲奈一個跳躍翻過扶手，滾落到一樓後，視線隨即停在公寓前的機車群上。有一輛兩百CC的無電瓶機車。電門鎖裡延伸出數條電線，順著電線走向，在前大燈座裡的找到配線的連接器。玲奈用手扯開連接器，引擎便啓動了。

她跨上機車，慢慢放掉離合器，同時催下油門，她沒戴安全帽。後方傳來多人衝下樓梯的聲音，但隨著進檔時轟然大作的引擎聲，那些雜音也被掩蓋過去了。

玲奈奔馳在巷弄中的同時，騰出一手操作手機。輸入琴葉的帳號密碼，切換到地圖模式，螢幕上出現代表所在位置的圓點。在品川區八潮六丁目附近，大井碼頭海濱公園和羽田機場的中間。

「死神」不會忽略智慧型手機的定位功能，她應該是故意沒有關閉定位的。這個長期自稱澤柳菜菜的「死神」，正露骨地挑釁著她。

玲奈騎到了尾久橋通。她壓低姿勢，在四線道的車流縫隙間飛馳穿梭。她拚命忍耐著紅綠燈和前方車尾燈的炫光刺激，連要減速拭去淚水都令她焦躁不耐，不想再面對絕望了。

25

玲奈抵達品川的工業區一角，這裡沒有一絲照明，完全隱沒在黑夜之中。

廣大的工業用地入口鋪有坡道，以鐵柵門和外界區隔。玲奈在入口前停下機車，這邊離廠房還有很大一段距離。門邊的柱上嵌了一塊板子，上面刻有公司名稱——堀江混凝土工業股份有限公司。

這附近雖杳無人煙，但像這樣突然有車頭燈的亮光接近，快速轉過的話，可能會被認爲是可疑人物吧。若是平時，她不會如此輕率地暴露行蹤。

來到這裡的一路上，她也不得不鋌而走險。雖然沒有警車追上來，但她也兩次從派出所門前呼嘯而過，或許警方已經掌握車牌號碼了。但比起處處避人耳目，玲奈更想盡快抵達並入侵現場。

她戴上手套，爬過柵門，解開門閂，再將柵門打開，接著再次跨上機車出發。

緩坡的最高處附近，一個巨大圓桶狀的輪廓在夜空中浮現，是裝混凝土的筒倉。旁邊的鐵架塔，則是名爲「懸浮式預熱機」的爐窯。隨處可見混凝土攪拌車停放，但不見人影。

穿過土壤保管設備，玲奈在廠房附近停下機車。

這裡停著一輛極不搭調的四輪傳動車，車牌表層看來是僞造的，想必是「死神」的車。玲奈窺視車內，空空如也。

廠房建築內也空無一人。外牆上有保全公司的招牌，推測應是一家公司同時負責監視多間工廠，而這個用地裡似乎並沒有警衛室，防盜攝影機看來都沒有通電。玲奈也注意到紅外線感應器，她將手機的相機切換至夜視模式觀察，若有紅外線照射便會出現亮光，但並無反應。

停電了嗎？但廠房深處仍然傳來奇妙的機械運轉聲。「死神」入侵這裡後是如何切斷電源的，玲奈人致有了頭緒。根據牆上的標示，這裡的電力來源並非特別高壓的十萬伏特，而是將六千六百伏特的電降壓至一百伏特，引入室內。只要關掉電箱總開關，便能一口氣切斷整座建築物的電源，之後再接通部分地區的電。「死神」應該就在那裡，琴葉也是。

玲奈檢視建築物周圍，判斷適合由後方入侵二樓。她爬上緊急逃生梯，暫且脫下鞋拿在手上，打破二樓的玻璃門，開鎖入內。

室內一片漆黑，玲奈不打算開燈。這裡似乎是員工餐廳，廚房很狹小，架上擺了各種調味料。

走出餐廳，來到一個寬廣的挑高空間。寬達五公尺的旋窯鐵桶橫放著，鐵桶沒有旋轉，整台機械似乎正在休眠。

但同樓層的角落，卻有一台小型的混凝土攪拌機正在運作。這個寬一公尺、長二公尺左右的漏斗狀容器不停旋轉，玲奈往大大的開口裡看去，裡面是水泥、水、沙和碎石的混合物。

攪拌機底部連接一根粗管插入地板，應該是將精製過的混凝土送往一樓的構造。旁邊就有向下的樓梯，樓下隱約透著光亮。

玲奈正要走下樓梯，陡然止步。

多達四百公升的混凝土，她想用在什麼地方？

玲奈警戒著走下一樓。

異常的熱氣撲過來，到處都擺了紅外線暖氣，散發著暖熱橘光。日光燈朦朧照亮四周。在這個由混凝土鋪設的寬廣空間，牆上塞滿剪線鉗、千斤頂等各種器材。二樓攪拌機的粗大的管線穿過天花板延伸下來，末端與噴口相連。

玲奈踏上一樓地面，隨即進入眼簾的是一張擺在深處、孤零零的椅子。琴葉被綁在椅子上，脹紅著臉不停哭泣著，她也看到玲奈了。

玲奈正要衝過去，卻注意到中央地面的怪異景象。一個浴缸翻倒在噴口下方，溢出滿地早已硬化的混凝土，地面就像火山熔岩丘一般凹凸不平。上面還沒有灰塵堆積，不像是幾天前形成的。應該是道路工程用的速乾性混凝土，鋪設完成約十分鐘後就能供人步行，一小時後車輛便可通行。

在遍地瓦礫中央，橫躺著一具乍看像是裸女石像的物體。玲奈立即察覺那是眞的人體，皮膚完全被混凝土包覆硬化，形成灰色表層；頭髮變成也宛如雕像般的堅硬質感。裸女不僅一動也不動，連一絲肌肉抽搐也沒有，玲奈認出那是彩音。

雖然等不及想幫琴葉鬆綁，但這邊情況更爲緊急。玲奈衝向彩音的同時大喊，「琴葉，再等等！」

她碰觸彩音的皮膚，硬化的混凝土破碎剝落。她捏著彩音的手腕，找不到脈搏，但還有體溫。彩音嘴裡滿是混凝土，可能都塞進喉嚨深處了。

玲奈從彩音嘴裡挖出混凝土塊，將她的正面翻向下，拍出大小不一的碎塊。再將彩音翻回正面，但依然沒有呼吸。玲奈用兩手開始按壓彩音的胸骨，加上自己的體重施力，反覆進行心臟按摩。玲奈的額頭滲出汗滴，不停向下滑落。她嘗試口對口人工呼吸，彩音的胸口微幅膨脹，玲奈不停重覆著這些動作。

良久彩音終於發出輕聲咳嗽，稍微恢復呼吸。玲奈將耳朵貼在她的胸口，可以聽到微弱的心跳。

玲奈喘著氣就地坐下。總算讓她活過來了，但那些吞下去的混凝土還是有風險，必須趕緊叫救護車。

此時，某種小型物品掉了下來，滾到玲奈腳邊。

是一般公司或事務所使用的連續章，屬於尺寸較大的長方體樣式。玲奈不解地拾起印章，檢視印面。一個圓圈裡有大樓和單軌電車，圖案有些奇怪，但她曾經見過。鏡像文字刻著「汐留城市中心」及狀似日期的數字。

玲奈猛然抬頭，附近有人。棒子水平揮到眼前，玲奈來不及避開，直接重擊在額頭上，她全身重重摔在地上。

口腔一陣酸麻。一雙穿著低跟女鞋的腳出現在視野內，玲奈撐起上半身。一定是死神，她抬頭看向那個女人。

市村凜還穿著在安全屋時的衣服，一手拿著建材木條，雙眼無神地俯瞰玲奈。長相是相同的，但表情卻判若兩人。她睜大雙眼，彷彿眼珠子都要掉出來，而且死死盯著某處看。她半張著的嘴開開闔闔，好像在喃喃自語，卻又始終不發一言。

玲奈頭頂上的攪拌機轟然作響，混雜著琴葉的哭聲，此外沒有其他聲響。

半晌，沉默終於打破。

「我說啊。」凜的聲音宛若他人般低沉，或許之前都是假音，現在才是她真正的嗓音吧。凜的語氣帶刺，「訂做尺寸比蓋印大的印章，再到其他店縮小還原，只要是不肖偵探，誰都知道這種僞造方法。虧妳自己也是這樣做的，還沒發現啊。」

玲奈麻痺的臉頰感覺到一絲抽搐。不知是疼痛，還是情感的變化過於劇烈，眼淚奪眶而出。

「怎麼？」凜依然面無表情，「不甘心嗎？因爲自己太蠢了？這個時代啊，都能在家電賣場買到有攝影功能的遙控直升機了，沒有偵探不會用吧？只要偷看一下大樓的窗戶，妳和琴葉玩姊妹家家酒互相安慰的模樣，還有信封放在公司休息室的哪個地方，就盡收眼底了，不是嗎？」

異常的高溫令人大汗淋漓，但玲奈內心卻無比寒冷。

不是哪個員工將信封帶出公司的。反倒是曾經單獨在休息室沙發休息的凜，更有機會取得信封。她當場貼上收件人貼紙和郵票，蓋上仿造的郵戳章，丟在地上又踩又磨，製造信封使用過的痕跡，這是單純且常見的僞造方法。無論是書盒或署名紗崎玲奈的信，也都是凜自己準備的。

市村凜也寄書盒給其他被害女性，但玲奈或其他職員都沒有親眼看過那些信封，它們極有可能是和眞止公司信封完全不同的僞造品。

一直以來的謎題終於解開了。玲奈尚未回復知覺，結結巴巴地說，「她說，不用聯絡。」

「『她就在那裡。』。」凜嗤之以鼻，「秋子當時想說的就是這個。不過她怕得要死也是沒辦法的，畢竟就算妳不動手，我之後也會殺了她。」

「淀野之所以攻擊妳，不是爲了要處決人質。」

「那個膽小鬼哪有辦法殺掉全部十一個女人啊，而且殺了也沒意義。不過他自己有把刀，他也知道不得已的關鍵時刻該殺誰。」

應該從世上抹滅的，是掌握「野放圖」一切情報的人。淀野當時打算優先除掉市村凜，這個可能作證他有罪的偵探。

凜淡淡地說，「淀野啊，今天早上死在醫院了。妳那個利用病床當誘餌的老套把戲，我借來用了，妳會是頭號嫌疑犯吧。」

當時的衝擊現在已逐漸散去，取而代之的是憤怒。玲奈說，「能找到家暴庇護所的位置，是因爲妳自己就是家暴受害者。」

「我十四歲時就發現了，性侵被害者的身分就是無所不能的通行證。狀況愈悽慘，就有愈多人支持妳，不論說什麼都會有人相信。用捐款跟稅金就有飯吃，可以接受治療，連稀有的演唱會門票都有人奉上來給妳。碰到不喜歡的男人，只要哭著默默指向他就行，晚報上就會看到他變成性犯罪者了。」

「這跟那些只因為無聊，就胡亂指控別人是色狼的醜女人一樣。」

「不一樣。」凜冷冷地反駁，「說謊會被拆穿，真的成為被害者就行了。像那種人生價值只有性慾和暴力的蠢男人，只要黏著他們，不時煽動一下，他們就會任我擺布了。」

「受苦的是妳自己啊。」

「啊——妳覺得這很痛苦嗎？那我的興趣跟妳不一樣。我喜歡被那些像野獸一樣的蠢蛋上。被等同無業的低收入廢物男人，當成玩具一樣玩弄，這種悲劇只要沉浸其中，好好享受不就好了！」

「會對身體造成很多傷害的。」

「靠那些瘀青跟傷痕，我又可以成為特權階級了。我就是喜歡享受性，樂在其中。如果懷孕了，婦女團體還會送慰問金過來。肚子裡的小孩流掉就好了，跟排便一樣。」

這大概就是她一臉憔悴病容的原因吧。玲奈感到一股近似噁心的厭惡感。市村凜現在二十七歲，這麼一算，奪取大她兩歲的澤柳菜菜的戶籍，是她在十八歲時下的決定。

玲奈說，「從家暴庇護所集體誘拐十一個人，這個任務只交給笹倉志帆一人，風險太大了。」

「她要偷走入住者專用的衣服、迷昏人質、把她們搬進卡車，志帆不是沒有背叛的可能。不過無須擔心，身爲偵探，親自潛入現場就是最有效率的調查方法吧？我可是完全掌握了那些被害者的秘密。」

「所以『野放圖』知道妳的本名？」

「我讓他們以爲市村凜是假的戶籍，澤柳菜菜才是本名，事實是相反的。住進家暴庇護所，是我第一次在工作上使用本名。」

可以想見她這麼做的原因。雖然她同時擁有兩方的身分證和戶籍，但既然要成爲誘拐被害者之一，若是報導提到「澤柳菜菜」這個名字就糟了，邦夫可能會看到新聞。

在以跟蹤狂爲主的地下社會裡，她自稱澤柳菜菜，卻始終避免在調查報告書上署名，唯有爲了刺激玲奈的這次除外。

調查報告書是唯一的重要線索，如今看來卻只剩徒勞。玲奈不禁脫口而出，「代代木車站，下午一點二十分往三鷹的總武線啊。」

「眞開心。」凜揮舞著木條，臉上沒有一絲笑意，「紗崎玲奈發現自己是個大笨蛋了。Prius的車鑰匙就丟在客廳。琴葉早上跟中午都出門，先拜託她買很多東西，她就會比較晚回來。早上我就開車到JR小岩站前面，借一間網咖的單人包廂，時間充裕得很。我先安裝製作調查報告書用的檔案模板到電腦裡，列印紙也先放進印表機。」

在列印前就先折過兩折，應該就是爲了方便將列印紙放進包包帶著走，玲奈想。

「有必要這麼費心製作書面文件嗎？」

「妳也是專業人士，應該懂吧？進行商業交易時，如果沒有固定形式，交易就很難成立啊。『這些就是我能提供的所有情報。』這可是很體面的正式文件，意思就是『拿錢來換！』很容易懂吧！」

「妳這個只會耍小聰明，狡猾的無賴。」

「妳這樣就要挑釁我啊？我用手機到房仲業者專用的網站上查，馬上就發現妳在週租公寓設下陷阱了。我就在手機裡打好報告書的內文，傳到網咖裡的電腦，讓它自動印出來。」

聽到這裡，玲奈就完全理解來龍去脈了。等到中午，琴葉又出門時，凜就再度趕到網咖，將印好的報告書夾進封面，以釘書機釘好。她走進小岩站，搭乘十二點四十七分前往三鷹的總武線電車。三十三分鐘後，她的家暴丈夫就在代代木車站收到調查報告書，渾然不知這是來自妻子的禮物。

琴葉依然大聲哭泣著。玲奈不僅擔心琴葉，也很在意倒在地上的彩音。她明顯十分衰弱，不能置之不理。

凜突然板起臉孔，俯視玲奈，「妳爲什麼不攻擊我？平常不是隨隨便便就會跟人吵起來的嗎？」

有兩名無法動彈的人質。凜若是抽刀衝向其中一方，場面便會陷入一觸即發的危機。事實上她也如此盤算吧？如果被這些小衝突拖延時間，彩音的狀況就更加不樂觀了。

玲奈內心的憤怒不斷膨脹。這個女人害死了咲良，窪塚付出生命救下來的，正是最該被殺死的女人。

凜從口袋裡取出免綁ＳＩＭ卡手機，扔到遠處。那通像在安全屋接起的電話，自然只是凜外出後搬演的鬧劇罷了。

玲奈雖然怒氣參天，但仍感受到一絲無盡的悲哀。她低聲問，「爲什麼要這樣折磨別人？」

凜天眞無邪地笑了，「那個不把法律放在眼裡，用卑鄙手段到處追打男人的紗崎玲奈，居然會問這種迂腐的問題。別讓我太失望啊！」

火氣逐漸向頂點攀升，玲奈怒瞪著凜，「是誰害死咲良的！」

「是岡尾芯也吧？」凜毫不猶豫地回答，「我是販賣情報的營業者，就這樣。」

「妳明明就知道結果會怎麼發展。」

「要怎麼使用情報，是委託人的自由。」

「妳協助跟蹤狂，還想置身罪惡之外嗎？」

「人應該有選擇職業的自由吧？我逃離父母，十五歲就開始找工作了。我所知道的大人的世界，就是各種和性犯罪有關的事。被帶去詢問那麼多次後，就算討厭我也學到了。這個世界上，有一大堆追著陌生女子屁股跑的蠢男人。女人跟蹤女人特別有利，我發現了這個商機。」

「所以就選擇回應那些傷害自己的人的需求？」

「我是把他們當肥羊宰啊。那些傢伙爲了強暴跟偷拍，花錢可是完全不手軟。」

「明明就是替人跟蹤的，還自稱是偵探。」

「小說跟漫畫裡的偵探啊，還有他們周圍那些人，眞的是超級酷的。所到之處都有慘死的屍體，他們卻沒有PTSD，也不會吐，還能想出那些稀奇古怪的獵奇推理，像是用鋼琴線拉屍體啊，或是利用結凍製造不在場證明。一個案件結束後，就回到日常生活，既沒有食慾降低的問題，也不會因此不信任人類。眞是超瘋狂的，我從小就很嚮往。」

「妳早晚也應該學到虛構跟現實的不同吧！」

「那個啊。」凜興奮提高聲調說，「一般的偵探業者只處理民事事件，害我好失望。不過老師幫了我，他直接告訴我，偵探的本質就是非法行爲。」

「他是誰？」

「比須磨聰明得多、也更加殘暴的大人。我也從他那裡學會了調查和跟蹤的技術。說起來偵探業，就是我私下爲了找到有錢的結婚對象順便做的練習，這樣就夠了。」

彩音發出呻吟。琴葉倒抽一口氣，緊張地盯著彩音，但後者沒有再發出其他聲音，身體也毫無動靜。

凜靜靜地說，「吐出最後一口氣時，遺體也會發出這種聲音。葬儀社的菜鳥常常都會被這個嚇到驚叫。剛剛的聲音可不代表彩音在好轉。」

玲奈益發焦躁，她拿出手機，「我要打一一九，妳別阻撓我。」

「開什麼玩笑！」凜斥喝她，「妳要是打電話，我就用木條砸破彩音的腦袋！」

「妳到底有什麼目的？」

「管別人閒事的是妳才對吧！」凜瞪著玲奈，「介入我跟『野放圖』的工作，莫名其妙就開始追我，我才要問妳有什麼企圖咧！」

「妳害死咲良，我絕不原諒妳。」

「好可憐喔，眞的。說到什麼都離不開咲良、咲良的。我告訴妳吧，我跟蹤了岡尾芯也，觀察他收到調查報告書後會怎麼做。那傢伙在咲良上學途中，強行把她塞進車子裡。」

玲奈心底轟然一沉，漸漸無法保持冷靜，「妳住口。」

「燒死的屍體沒有下半身，所以妳不知道她有沒有被侵犯吧？我從頭到尾都看了，清楚得很。咲良當時可是滿臉通紅，大哭大叫著抵抗喔。不過她被打得好慘，內褲被脫掉，大腿被分得開開的，精液也確實都射進去了。」

「妳給我住口！」玲奈激動地撲向凜。

然而凜迅速向後一閃，丟掉手裡的木條，抽出一把銀色匕首，在彩音身邊蹲下。刀鋒架在彩音脖子上。

玲奈不得不停下，壓抑的衝動令她心焦難耐。琴葉近似慘叫的叫喊在廠房內迴響。

凜愉快地大聲笑著，「妳終於肯認眞啦！總算可以窺探妳的內心了。那裡有木條吧，聽說妳在重案班面前痛毆了一個女醫師啊？接下來就是終極選擇時間，最精彩的場面！來吧！妳要怎麼做？」

沉鬱的苦悶壓迫著枯槁的心。玲奈低聲問，「妳在說什麼？」

「『彩音哪能算什麼人質！』妳要像這樣怒吼，然後把我狠狠揍飛！」凜的瞳孔興奮地放大，「全力出擊！一棒打飛吧！紗崎！打倒市村，喔喔！」

玲奈望著琴葉。琴葉的淚水不停滑落，拚命搖頭。

高昂的情感倏地熄滅了。玲奈嘆了口氣，「我做不到。」

「啊？」凜睜大雙眼怒罵，「少裝模作樣了，臭女人！我可是害妳變得破破爛爛的超級壞女人喔！妳忘記自己發生過什麼事了嗎？快報仇啊！」

玲奈刻意使用冷淡的語氣，讓自己得以保持平靜，「讓我打一一九吧。」

凜不悅地臉色一沉，嘲諷般連珠炮地說，「我知道了，妳想在琴葉面前裝好人吧？也是啦，姊姊要是死了，琴葉也會傷心的嘛。因爲不想被她討厭、不想被她怨恨，所以就算心裡討厭彩音，也沒辦法見死不救。因爲妳很喜歡琴葉嘛，這個咲良的替代品。就像爲了治療喪失寵物症候群，就會飼養新的動物。」

猛烈的怒火湧出，玲奈大吼，「妳想死嗎！」

但凜的刀子仍抵在彩音脖子上，玲奈完全無法接近。

笑容從凜的臉上消失，「剛剛琴葉說溜嘴，說妳把我稱爲『死神』？死神應該是妳才對吧？身邊的人一個接一個死去，接下來輪到這個女人了。」

「不要對彩音出手。」

「我很討厭僞善者。妳明明就在跟我做一樣的事，警方卻比較同情妳。因爲阿比留和『野放圖』，警察在妳面前也抬不起頭來。我就討厭這點。要是眞的憎恨我、想替妹妹報仇，就更認眞一點啊？連在現場脫掉手套的勇氣都沒有。」

「就算殺了妳這個混帳，我也不會逃避罪責。」

「終於不再彬彬有禮啦。眞的有覺悟的話，就來揍我啊！要達成悲壯的願望，總會有所犧牲的嘛。像彩音那種爛女人，死了也沒差吧？妳應該有信心能代替琴音的姊姊，讓她安心吧？」

「妳就那麼想知道我眞正的想法？」

「想知道！」凜的目光如孩童般閃爍，「玲奈，妳在到這邊的路上做了什麼？祈禱琴葉平安無事？彩音呢？先不說爲誰祈禱，妳這人會祈禱嗎？才不是神創造人類喔，是人類創造了神。」

玲奈無言以對。她看著凜的額頭滴下汗水，耳裡聽到的依然只有頭頂上方轟隆的機械聲，以及琴葉的嗚咽聲。

她不認爲凜竊聽了警視廳的偵訊室，但兩人的發言居然偶然一致，眞令人不舒服。

玲奈打破沉默問，「妳想測試什麼？」

「平穩的社會裡，卻不容許犯罪者的存在，我對這種風潮不太滿意啊。人只要放著不管，就跟動物沒兩樣吧？我要不遵循任何規範，自由隨興地生活。應該說，爲什麼社會會是這種型態？這才更不可思議吧？」

「如果妳是中二病發作的話，還有其他事情可以做吧？」

「大家只是因爲善良的一方在世界上占優勢，就依附著善意度日。從這個角度看來，妳我是一體兩面的。不過總覺得妳啊，就算世人說妳錯了，妳也擺出一副無所謂的要帥模樣。我可是很討厭被人說『妳錯了。』因爲錯的是這世間的其他笨蛋。」

「錯就錯，這樣說很乾脆，不好嗎？」

「但妳是個曖昧的存在啊！我想弄清楚，妳究竟屬於我這邊，還是這世間的其他笨蛋。」

「爲什麼妳要知道那種事？」

「偵探就要揭穿秘密。我之所以沒在只有我們三人時就殺掉她們，也是因爲想多調查一點。我想知道妳的本質。我啊，想當偵探的偵探。」

在異常高溫中，一絲寒氣幽幽穿過心房。玲奈看向彩音，她想盡早讓琴葉安心。

玲奈因自己的想法感到動搖，自己是爲了琴葉才擔心彩音嗎？

不能再迷惘了，玲奈想，我不會被凜牽著鼻子走。玲奈加強語氣問，「要怎麼回答妳才會滿意？」

「我想確認妳會變成一個這麼暴力的女人，是不是單純因爲『喪失咲良症候群』？」

「回答後就要叫救護車，也要放了琴葉。」

「好啊，如果照我說的做，我就實現妳的願望。」

玲奈繃緊神經，「有什麼指示就快說。」

「脫掉衣服。全部脫掉，免得妳藏了什麼東西。」

玲奈只感到一瞬間的猶豫。這裡只有女人，在這種狀況下猶豫才奇怪。玲奈丟掉手機，拔下手套，接著脫下針織毛衣和裙子。凜的眼神催促著她。內衣褲也脫了，玲奈的腳直接踩在混凝土地上。

玲奈並不覺得冷，暖氣的熱度持續撲來。這股熱氣襲上身時，身體卻反而像導電時碰上電阻般，感到一陣寒意。

玲奈全裸佇立著，爲了讓自己不再在意，她努力放空。然而凜上下打量的目光，仍然刺得她滿身雞皮疙瘩。

凜開口，「手腳趴地跪下，屁股朝我這邊。我沒什麼奇怪的意思喔，像進女子監獄時也會確認嘛，女人可是有地方能藏東西的。」

玲奈依言照做。當她像動物般手腳貼地時，淚水突然濕了眼眶。玲奈忍著悲哀與不甘心，保持表面的冷靜。

哼，凜輕輕嗤笑，「站起來。」

玲奈又站了起來。她看到琴葉，對方哭得紅腫的雙眼也正看著她。

凜宣布，「接下來呢，下指令的不是我，而是琴葉。我已經先請琴葉做出最後的選擇了。」

周遭的氣氛似乎有一絲異常。玲奈再次望向琴葉，她卻垂下視線。

玲奈問凜，「什麼選擇？」

「妳看這個狀況還不明白嗎？」凜指向翻倒的浴缸，「原本彩音應該要泡在混凝土裡，變成硬梆梆的石塊才對。不過我給了琴葉最後一次機會。混凝土再五分鐘就會硬化，我問她，想救彩音還是玲奈。對琴葉的答案有興趣嗎？」

琴葉突然哭著大喊，「我沒辦法啊！沒有其他辦法了！」

凜吼聲打斷她，「現在給我閉嘴，廢物！」

琴葉的反應讓玲奈產生不祥的預感。她的目光從琴葉飄向凜，沉默地釋出疑惑。

凜從口袋裡取出一個筆狀物體，是電子錄音筆。她按下開關，開始播放內容。

聲音錄得很清晰，可以聽到琴葉的抽泣聲，她顫抖著說，「請救救姊姊。」

凜的聲音發問，「就這個回答？」

「是。」

「琴葉，妳只能救一個人。選了彩音，表示妳承認就算玲奈死了也沒關係。這樣好嗎？」

琴葉勉強擠出隻字片語，「我兩個都想救。」

閃過一聲響亮尖銳的聲音，凜似乎甩了琴葉一巴掌，琴葉發出短促的哀號。

凜的聲音怒吼著，「人腦可不能同時處理分析跟同理心！只能選擇一邊，現在也是。二選一，不然兩邊都會死。」

琴葉只是一個勁哭著，發出不成句的聲音。

凜的聲音煩躁地說，「已經經過四分鐘了。心臟早就停了，到五分鐘後，混凝土就會牢牢黏在皮膚上，就算割也割不掉。妳連屍體的臉都看不到，這樣好嗎？」

又過了一會兒，琴葉終於用顫抖的語氣強調，「請救我姊姊。」

「如果彩音就這樣死去，我就不會對玲奈出手，玲奈會永遠平安無事喔。」

「拜託不要殺死姊姊。」

「所以玲奈死掉也沒關係嘍？給我明確回答！」

琴葉小聲囁嚅，「是。」

「好好說清楚自己的意志。救了彩音，就表示玲奈死了也沒差。不說清楚彩音就會死掉喔！」

「救了姊姊，就表示玲奈姊死了也沒關係。」

「大聲點！」

琴葉哭喊，「救了姊姊，就表示玲奈姊死了也沒關係！」

朦朧的熱氣在眼底瀰漫，但玲奈仍佇立在逐漸冰冷的空氣中。水分凍寒中彷彿化爲固態的細粉，刺痛著她的肌膚。

凜關閉錄音筆，收進口袋。「玲奈，有何感想？」

玲奈聽著自己的嗓音顫抖，「那是妳強迫她回答的。」

「那妳爲什麼要哭？」

自己的眼淚，正如斷線的珍珠不停滑落。玲奈望著琴葉，後著被綁在椅子上，傷心呢喃著「對不起。」

玲奈明白，這短短的一句，才蘊含了琴葉眞正的心意。危急之時，她必須先確保彩音能活下去，因此才脫口而出。如果只是這樣，琴葉不需像剛才那樣道歉。

若琴葉選擇了另一個答案，凜大概會當場割破彩音的喉嚨吧。這是沒辦法的事。玲奈明白她無從選擇，但爲何眼淚仍止不住？

難忍的悲傷脹滿胸口。就算裝得再無謂，玲奈還是察覺了自己內心深處的情感，希望琴葉能選擇自己，希望琴葉眞正的想法是，就算失去彩音，也還有玲奈。卸除一切武裝後，心中只剩下這個無法否認的想法。

玲奈哭著說，「妳要我怎麼做？」

凜粗聲粗氣地說，「如果想救彩音，就照琴葉說的做。把浴缸扳正，放到噴嘴正下方。」

全裸的玲奈光著腳走在混凝土地上，照著凜的指示做。先將翻倒的浴缸擺正，再拖到噴嘴下方。

凜隨即指示下一道命令，「把心電圖的電極貼片貼在胸前，正面向上躺進浴缸。其實應該要把妳綁起來的，不過現在我分不開身。絕對不准動喔！大約三分鐘後，混凝土開始硬化，手腳就不能動彈了。沒問題吧？」

心電圖監測儀就放在附近的檯面上。玲奈撕下電極貼片，貼在自己的胸口上。頭一低下，斗大的淚珠就不斷掉落，但玲奈仍依循著指示行動。她躺進浴缸，正面朝上，背部貼著冰冷堅硬的觸感。上方的天花板，令人不舒服的噴嘴開口正對著她。

26

琴葉依然哭個不停，不時沉重地喘著換氣，無止盡的哀痛折磨著她。

惡夢般的光景就在眼前，她卻無能爲力。愈是掙扎，繩子就愈陷進肉裡，身體和椅子就綁得愈緊。玲奈已經置身棺材裡了，都是因爲我，琴葉緊咬下唇。

我不想失去彩音，但要我對玲奈見死不救，這太殘酷了。明明有想說的話，卻一句也說不出口，連出言反抗的勇氣都沒有。

好害怕，我也不敢說要犧牲自己。彩音和玲奈只能二選一，實在毫無道理。但除了遵循規則外，也找不到其他路了；而自己選擇了姊姊。

躺在浴缸裡的玲奈的啜泣聲，靜靜迴盪著。

凜看起來很意外。「眞的假的。」她嘀咕著，「這倒是出乎意料。玲奈，坦白說，我以爲妳不會按照指示行動。我想說妳知道妳被琴葉拋棄後，最多也就暴怒衝過來揍我而已。結果居然還要幫著救彩音，眞讓我欽佩啊，我可不會那樣選。我以爲妳會用偵探特有的卑鄙伎倆，迴避正面對決，原來我想錯了嗎？很厲害嘛，如果妳能忍住不把頭伸出混凝土的話。」

琴葉意識到現在就是命運的分歧點了。她不禁放聲大喊，「住手啊！」

凜按下遙控器，噴嘴裡噴出灰色泥土，快速塡滿著浴缸。玲奈動彈不得，心電圖的蜂鳴聲逐漸加速。

琴葉絕望抽泣著，大聲呼喊「玲奈姊！」但被轟隆巨響蓋過，更不可能傳進已完全沉入灰泥中的玲奈耳裡，但琴葉仍不停吶喊。

混凝土塡滿了浴缸，噴嘴也不再噴出。整個樓層瞬間安靜下來，只有心電圖持續刻畫著玲奈的脈搏。

凜站起身，「如果她要爬出來，只能趁剛開始的三分鐘。一旦時間過了，就連一隻指頭也動不了。反正不要多久，她大概就會像溺在爛泥裡的海狗一樣，把頭抬起來大口呼吸了吧！」

然而隨著時間在沉默中流逝，情況毫無變化。心電圖的波形趨緩，但仍有跳動。凜看著手表說，經過一分鐘。一分半。她的表情變得僵硬。兩分。兩分半。

凜嘆了口氣，望向浴缸，「經過三分鐘，可以說已經蓋棺上釘了。欸，真的假的，那傢伙是信念太堅定？還是徹底絕望了？」

琴葉望著在淚水中晃動的景象。心電圖的蜂鳴聲慢慢拉長間距，波形也愈來愈不明顯。

凜沉聲說，「馬上就五分鐘了。看來她很快就要跟混凝土同化了。」

心電圖拉出一聲長音，起伏完全消失，只剩一條直線橫畫過螢幕，出現心肺停止的文字。

琴葉甚至連聲音都發不出來了。在失望的谷底，只有空無一物的心。彩音當時更早心肺停止，而她身上的混凝土還沒完全凝固，還有可能復甦，但現在不同。

玲奈死了，決定她的命運的是我。

迎來一切的終結後，寒冷與寂寞占據了琴葉的心。她感到自己被遺留在永遠醒不過來的噩夢底層，陷入無盡孤獨。

凜從容地走過來，「一小時後，就用堆高機搬出去丟到海裡。到時已經完全凝固了，不會浮起來。快樂的時光也要結束啦。」

刀子伸到眼前，琴葉屏息。但凜只是輕嗤一聲，刀子塞進繩子底下，將繩子割斷。突如其來的鬆綁，讓琴葉猛然撲倒在地。

她抬起頭，眼前一片荒涼。彩音如石像般倒在地上，浴缸裡填滿混凝土，儼然一座墓碑。

琴葉抽泣著起身，搖搖晃晃地拖著腳步前進。

地上有玲奈脫掉的衣服，正要伸手撿起時，她注意到掉落在一旁的手機。琴葉幾乎是反射性地轉頭確認後方。凜似乎察覺異常，視線移向琴葉腳邊，神情肅然。

琴葉拾起手機，發抖著嘗試撥電話報警，但凜突然衝了過來。

琴葉連螢幕都還來不及按開，只能抓著手機拔腿就跑。跑到樓梯時，凜已追到她身後咫尺，琴葉奮力衝上樓梯。

她全心只想把凜從彩音身邊引開，但如果不報警，逃亡就沒有意義。要是凜轉身跑回彩音身邊，再次亮出刀子，琴葉也只能屈服。所以她也不能逃得太遠，必須在凜快要抓得到的範圍內繼續逃跑，邊找機會報警。這是唯一的辦法。

跑上二樓後，來到狀似工廠的挑高空間，琴葉奔馳在走廊上。穿過一扇開放的門，裡面的房間有些陰暗，琴葉發現這裡是餐廳。略顯猶疑而慢下腳步的瞬間，凜便從後方撲了上來。琴葉正面趴倒在地，聽見手機飛出去、在遠處墜落的聲音。

沒時間去撿了，琴葉踉蹌地站起來，往餐廳裡逃，凜也再次追上來。

琴葉衝進廚房，這裡沒有照明，臉頰可以感受到外面的空氣。玻璃門被打破，這或許是玲奈入侵的路徑。

正當琴葉要跑向門口時，一隻冰冷的手突然掐住她的後頸。琴葉陡然一驚，整個人隨即被硬轉向後方，凜的臉孔逼近。

琴葉驚叫著掙扎，但凜用匕首抵在她臉上，琴葉不得不安靜下來。凜用力將她壓在牆上。

凜不懷好意地笑著，「跟玲奈比起來，妳眞是不乾不脆哪。」

琴葉打從體內感到巨大的反感與恐懼，她帶著哭腔怒喊，「妳要遵守約定！叫救護車！」

「實在是不痛快，」笑容從凜的臉上消失，「不如妳也去死吧？」

琴葉意識到，自己正被優柔寡斷的心情左右。憤怒逐漸攀升，她顫抖著對凜說，「妳很害怕吧？玲奈到最後都沒有屈服，她跟妳不一樣。世界上沒有跟妳一樣窩囊的同類，更沒有同伴！」

刀鋒微微刺進了琴葉的臉頰，銳利的痛楚讓琴葉繃緊全身。

凜粗聲粗氣地說，「玲奈確實跟我想的不一樣，我衷心佩服她的清高果敢。不過她已經死了。連妳都用這麼狂妄的態度說話，是受了她影響嗎？眞火大，去死吧！」

琴葉的喉嚨被凜緊緊掐住，身體因痛苦而扭曲。不能呼吸了。

凜再次露出微笑，「我讓妳選擇，要被刺死還是窒息死亡？選一個吧！」

琴葉正要放棄時，凜的力道突然減弱了，目光轉向一旁。

凜的表情浮現些微疑惑。琴葉害怕地朝凜的視線方向看去，是調味料架。上面排放著五百公克裝的砂糖袋，不過少了一包。

不知爲何，凜突然倉皇地轉過身。接著，衝擊性的畫面出現在琴葉眼前。

一尊全裸的石像就站在旁邊。全身混凝土的玲奈火速抓起凜的手，扭轉她的手腕，使刀尖朝向凜的胸口，用全身力氣向前推，將匕首刺入凜的胸口。

鮮血噴濺而出，飛灑在整個廚房。凜搖搖晃晃地後退，瞪著玲奈冰冷的雙眼。

凜的表情先是愕然，接著隱約又浮出微笑。她眨了幾下眼睛，嘶啞地說，「妳果然一點也不清高，跟我一樣卑鄙。」

她全身關節僵直，直挺挺向後倒去，重重摔在地上，手腳大開，不再動彈。以插在她身上的匕首爲中心，鮮血泉湧。

宛如人間煉獄的惡夢猶未消散，琴葉的恐懼也尚未退卻，她害怕地俯視凜。

凜的雙眼睜地大大，一眨也不眨。染上滿面殷紅的臉，鮮血依然不斷滴落。

玲奈慢慢向後退，在廚房的一隅坐下。她低下沾滿半固體泥土的臉，彎起雙腳，兩手放在膝蓋上。

琴葉無法抑制胸中的悸動，她奔向玲奈。

但玲奈低沉的聲音阻止了她。

玲奈垂下視線，輕聲說，「砂糖會生成醣類，這是一種非解離性的鈣，會使混凝土液中的氧化鋁溶解度升高，在水泥粒子上形成氧化鋁——二氧化矽。僅僅混入百分之〇·〇五的砂糖，水泥就不會硬化。」

原來混凝土沒有硬化。玲奈應該是在泥土中撕去了心電圖的電極貼片，因此儀器才檢測不到心跳。

但比起脫困，琴葉更擔心玲奈的模樣。她猶豫地開口叫喚，「玲奈姊？」

玲奈說，「看到攪拌機時，我就知道『死神』打算怎麼做了。」

她的語氣毫無異常，但琴葉卻聽出了弦外之音。

室內的氣溫正逐漸下降，琴葉在寒氣中佇立。

所以玲奈並未打算赴死，凜沒有察覺，琴葉也是。於是一切都清楚了，無論是凜的二選一，或是琴葉的答案。

想衝口而出的辯解，卻無法化做語言，琴葉禁不住淚水盈眶。

當時的答案並非虛假。她心裡比誰都清楚，那是自己真正的想法。

玲奈似乎完全封閉了內心，築起隱形的高牆，拒絕和琴葉的對話。

不知過了多久，玲奈才稍微抬起頭，望向玻璃門。琴葉順著她的視線看過去，吃了一驚。

那裡站著一名身穿長大衣的女子。是偵探課的伊根涼子。

涼子的表情尷尬，畏縮地看著倒在地上的凜，片刻後才轉向玲奈。

一片寂靜中，涼子悄聲問，「妳偷了機車？」

她是須磨調查公司加盟的「失竊車輛搜索網」的負責人。涼子收到目擊失竊機車消息，於是趕來現場，手臂上還別著臂章。

玲奈一句話也沒說，她再次低下頭陷入沉默。

必須說出眞相才行，琴葉擠出聲音，「市村凜才是害死玲奈姊的妹妹的人，她是混進家暴被害者裡的地下偵探。」

聽起來或許令人難以置信。琴葉在平時便已有所體悟，當她向別人述說她經歷過的凶殘事件時，很少有人當眞。但這不就正如市村凜所說，因爲善良在世界上占了優勢，世人便依附著善意度日，展現出這種漠不關心的態度嗎？新聞上每天都報著各種悲慘的事件，毫無道理的暴力是存在於社會裡的。揮刀殺人的男男女女，是眞實存在的。若將視線別開，一味相信世間是井然有序的，那麼就會孕育出凜這樣的女人，不是嗎？

琴葉看著涼子，涼子也無言地看著她，又看向玲奈。

靜默半晌後，涼子脫下長大衣，走近玲奈，彎下身將大衣披在玲奈身上。

涼子低聲說，「我的車在樓下，鑰匙在大衣口袋裡。」

玲奈看著涼子。涼子的眼中儘管還殘留些許怯懦，卻也顯得沉穩清澈。

玲奈聲音沙啞地吐出話語，「我已經……」

「拜託。」涼子制止她說下去，「別說什麼自己會被逮捕。」

她的語氣中透露，她已經向警方通報尋獲失竊機車了，警車要不了幾分鐘就會趕到。

玲奈和涼子交換眼神，滿身泥土的她穿上大衣，慢慢站了起來。玲奈小聲交代涼子，「一樓有需要急救的患者，請救護車優先救助那邊。」

涼子點頭。玲奈看著地面，走向玻璃門。

琴葉望著玲奈的側臉。玲奈雖然沒有看向她，但眼角無疑也捕捉到琴葉的身影。但玲奈依舊沉默地走過，琴葉也沒有出聲叫喚。她已領悟，兩人的心意不再相通，訣別時刻的來臨已無可避免。

玲奈在吹入廠房的夜風中邁步前進。琴葉目送著她，靈魂彷彿要被撕裂。淚光模糊了視線，她趕緊伸手拭去。再次抬起頭時，玲奈的背影已消失在黑暗中。

27

午後時分落在窗戶上的雨，絕對無法洗去玻璃上的髒污。大風一吹，就會在陽光下浮現灰撲撲的白斑。琴葉思忖，生活在東京，就只能以這根本談不上純潔的空氣爲糧。

琴葉低頭看著辦公桌。反偵探課只有一張桌子，一直以來都是玲奈專用。琴葉作爲實習員工，只能坐在一旁的塑膠折疊椅待命。不過玲奈時常不在辦公室，琴葉現在也被允許坐在辦公桌的位置上。

時間過得很快，自從混凝土工廠那個淒慘的夜晚以來，已經過了一個多星期。

琴葉茫然抬起頭，偵探課的風景再平常不過，大夥各自被工作追趕著。佐伯和土井課長埋首文書事務，涼子剛從外面回來，她放下手提包，朝琴葉瞄了一眼。她們偶爾會在辦公室對到視線，但並不交談，彼此關係也很淡薄。

那晚，她和涼子一起回收玲奈的衣服，也撿起手機，趕在警方到達前消除玲奈曾經在場的痕跡。直到現在，她還沒有機會將這些物品歸還給玲奈。

玲奈將涼子的車停在中目黑的投幣式停車場，只發了一封郵件給涼子，告知她停車所在地。沾滿混凝土粉末的大衣也留在座位上。

之後，玲奈一次也沒出現在公司，也不曾回到員工宿舍。

平時，玲奈就在東京都各處的投幣式置物櫃藏了替換衣物，也熟知各種住宿場所。警方正監視著員工宿舍，她自然不可能特地回去。

今天同樣迎來另一個杳無音信的午後。

琴葉還是無法入睡。市村凜瘋狂的臉出現在惡夢中，琴葉總是在呻吟中滿身大汗地驚醒，每晚重複著相同的過程。住院中的彩音或許也日日爲此所苦吧。

內心的傷痕猶未痊癒，仍舊隱隱作痛，因爲她們是相互依賴的姊妹嗎？

凜揭穿了琴葉優柔寡斷的本性。或許凜當時就已經贏了，她發下豪語，要做「偵探的偵探」。即使被刺殺，依然露出滿足的笑容，凜完成了她的調查。

爲何凜會那麼執著於窺看人的眞面目的理由並不明確。不停挑釁他人，將善意認定爲欺瞞，讓潛伏於其下的邪惡浮上台面，她似乎樂在其中。對凜而言，惡意才是再正常不過的，甚至必須證明他人也是如此，她才能感受到生存價値。這樣的詮釋是否接近眞實？或者太過單純了。然而琴葉又漸漸覺得，一味以複雜深奧的觀點來解釋的行爲本身，就已經遠離眞實。耳邊彷彿聽得到凜的嘲笑。

琴葉內心湧起一陣厭煩，正當她想往桌上趴去時，有個女聲叫住她，「峰森小姐，有訪客。」

琴葉抬起頭，負責會計的女職員留下訪客離去。

來者是一名將近五十歲的西裝男子，他和善地笑著，姿態放得非常低。男子低頭自我介紹，「我是紗崎克典。」

琴葉慌忙起身，也向對方行禮致意，「我是峰森，您說您是紗崎的話……」

「我是玲奈的父親。」

啊，琴葉雖然露出微笑，表情卻有些僵硬。

克典確實和玲奈有些像，絕對是親生父親沒錯。但須磨曾告訴琴葉，兩人的親子關係十分疏離，自玲奈上東京後，就沒有再往來過。

琴葉保持穩重的語氣，「眞的很抱歉，玲奈姊今天休假。」

這樣啊，克典低喃。看起來雖然很遺憾，但沒有詢問玲奈請假的理由；也沒有問她是從什麼時候開始請假、宿舍在哪裡之類的問題。

克典拿出一個信封放在桌上，「不好意思，可以麻煩幫我把這個轉交給玲奈嗎？」

薄薄的信封上，寫著「玲奈收」。

琴葉回答，「我明白了，請交給我。」

聽到琴葉這麼說，克典的表情轉爲安心，似乎不在意無法和女兒見到面。克典再次低頭行禮，轉身離去。

涼子坐在位子上目送克典的背影，再看向琴葉。然而這次琴葉沒有看她，而是垂下了視線。

她端詳手上的信封，封口黏得很緊，內容物大概頂多只有一張紙，是否多少寫著對女兒的關懷？雖然對於玲奈經歷過的許多苦難，她父親應該是一無所知的。

桐嶋從走廊走出來，「峰森，社長找妳。」

「好。」琴葉離開辦公桌，桐嶋則回到自己的位子上。看來琴葉得獨自前往社長室了。

琴葉穿過短廊，敲敲盡頭的門。裡面傳來須磨的聲音，「請進。」

琴葉知道須磨正在接待客人，她打開門，深深一鞠躬。

坐在辦公桌前和須磨面對面的是，搜查一課的警部。他曾前往混凝土工廠搜證，其他調查員稱呼他爲坂東係長。

須磨坐在皮製辦公椅上，琴葉站到他身邊。她不太想和坂東的視線交會，眼神不斷遊走。

坂東似乎感冒了，他吸吸鼻子，「我一直在跑其他偵探事務所，這間是最後了。對於剛成立不久的反偵探課，其他公司似乎都還不得要領，但須磨社長想必不可相提並論吧？畢竟你們可是始祖。聽說這間公司的反偵探課，現在只有妳一個職員。」

坂東的一個措辭讓琴葉很在意。「現在」這個詞是什麼意思？「今天的現在這個時間點」，琴葉決定這麼解釋。她點點頭。

坂東又吸了吸鼻子，「我想要好好問妳一下，麻煩妳一五一十地回答。妳為什麼在混凝土工廠？」

不滿的情緒在琴葉心中擴散。明明已經回答過了。琴葉說，「我跟同事伊根涼子一起去的。」

「理由是？」

「伊根是失竊車輛搜索網的負責人。當時已經是晚上，其他同事全都出去了，我覺得她獨自前往可能有危險。」

「進入工廠用地，嚴格來說是會被控告侵入住宅罪的行為。」

「很抱歉，但我聽伊根說沒有親眼看到失竊車，警察就不會出動。」

「然後妳就碰巧發現妳姊姊倒在那邊，性命垂危，還發現了被刀子刺中的市村凜。工廠那邊反而還要感謝妳們，似乎也不打算認眞追究妳們擅自闖入的事。不過事實又是如何？在場的還有另外一人吧？」

「您是說誰？」

「紗崎玲奈。」

「她不在。」

「是這樣嗎？如果我說我有證據呢？」

「不應該有證據的。」

「爲什麼敢這麼說？」

須磨一直注視著自己。銳利的目光，宛如在提醒她不要掉進陷阱。

琴葉回答，「因爲就是沒有。」

坂東低哼一聲，略爲失望地垂下肩膀。「這樣啊。」他點頭嘆息，「那調查就到此結束了。中央分部各公司的反偵探課也口徑一致，證明紗崎玲奈一直都在西新井的週租公寓裡，混凝土工廠出事的那晚，她整晚都沒有外出。」

琴葉的表情絲毫沒有波動。玲奈之所以封閉了喜悅的情感，或許就是時常處於這種心境的緣故吧，總覺得現在自己也能理解了。

坂東語帶諷刺地說，「根據租賃契約，被破壞的電視跟玻璃只要房客賠償就可以解決。竹內調查事務所的社長都詳細整理在報告書裡了，後續處理沒有問題。就算想挑毛病，也無從下手。」

裝傻到底才是正確做法吧，琴葉接話，「這樣啊。」

「妳姊姊身體狀況恢復後，我們也對她進行了訊問。」

琴葉對自己說，不能表現出動搖的模樣，「是。」

「她堅稱她什麼都不記得了。醫師也作證，說什麼她是打擊過大造成失憶之類的。不，我的用詞不當。警方會尊重醫師的診斷。」

須磨對坂東說，「我倒認爲你十分質疑權威的判斷。」

坂東的表情仍舊一派無謂，「市村凜在十四歲遭受性侵後，當時的主治醫師就診斷她有品行疾患，這種症狀在過十八歲後，就會被視爲反社會型人格障礙的症狀，好像也是妄想型人格障礙的徵兆。不過似乎由於雙親強烈的反對，將這個診斷從病歷上刪除了。我所質疑的是，權威人士那種懦弱的一面。」

須磨不以爲然地輕笑，「警察曾經把市村凜當作家暴受害者之一，向她問過話吧？當時沒看透眞相，可不能怪罪其他人。」

「想不到她是靠殺害結婚對象跟當地下偵探爲生的。關於那些已確認是市村凜製作的無記名調查報告書，我已經看過了，和保管在豐橋警署的紗崎咲良的調查報告書相比，紙張和文體都非常相似。如果還認爲這只偶然，那我就是蠢到無可復加了。」

須磨挑釁地說，「既然你認爲間接證據都充足了，那就去申請紗崎玲奈的逮捕令。」

琴葉一陣冷顫。須磨視線堅定地直視坂東。

坂東一臉厭煩看著須磨，「你是這麼想的吧？如果逮捕紗崎，就會暴露警察放過市村凜的過失。市村不但跟『野放圖』有所牽連，甚至潛伏進家暴庇護所。在起訴紗崎的過程中，不可能避談這些事。你大概覺得警方會怕被追究責任，乾脆決定隱瞞一切。不巧的是，我可不是那種膽怯之輩，我一點都不擔心被炒魷魚。只是上面的人都是那樣的蠢貨就是了。」

室內沉默下來，須磨的表情依然沒有軟化。

坂東低聲說，「這是考量許多條件後的判斷。調查業協會各公司正陸續成立反偵探課，看來已逐漸形成對非法無照業者的告發網路，對於揭發像市村凜這種人的行爲來說，是很重要的吧。同時，針對懸宕未決的紗崎玲奈，竹內勇樹社長已跟我們約定，會負起管理的責任。」

琴葉心臟彷彿頓時凍結，不禁看向須磨。

須磨臉上瞬間閃現的厭惡神色，應該不是針對坂東的，他想必是對琴葉倉皇的反應感到不滿。

不過坂東似乎並不特別在意，他慢慢站起身，向琴葉說聲「告辭了。」便走出社長室。

門一關上，琴葉立刻轉向須磨。後者仍坐在辦公椅上，沒有移動的意思。

琴葉小聲詢問，「他剛剛的話是什麼意思？」

須磨停頓一會兒，嘆了口氣，遙望遠方，「紗崎已經不是我們公司的職員了，之後她會在竹內調查事務所工作。」

「爲什麼會這樣？」

「紗崎自己想要引退的，說是不想造成更多麻煩。」

「什麼麻煩？對誰造成麻煩？」

「對這間公司。昏迷中的市村凜可能甦醒，也可能出現新的證人、找到確切的證物，沒人知道局面什麼時候會翻轉。紗崎如果是以這間公司的員工身分被捕，那麼包括妳在內，全體員工都要接受調查，也一定會接到營業停止命令。」

琴葉無法揮去心頭湧現的悲傷，身體止不住顫抖。她輕聲說，「是爲了保護我們，才決定離開的嗎？那爲什麼還要去竹內調查事務所？」

「辭職後，紗崎原本想向警方自首的。竹內社長主動跟她接觸，說即使她已經引退了，但一旦被逮捕，還是會讓整個偵探業威信盡失，毫無意義。而且在事件發生當晚，竹內社長也幫紗崎的不在場證明作了僞證。今天紗崎才能免於警方的逮捕，主要是因爲竹內社長的幫助，所以她必須被迫報恩。」

琴葉忍不住激動，「這不就是威脅她嗎！」

「妳覺得她是會受人威逼恐嚇的女人嗎？」須磨加重語氣，「偵探業處在灰色地帶，紗崎在明白這一點的情況下，仍然判斷偵探業不能就此被擊潰。我之前也說過，在保護隱私權的大旗下，說謊是很容易的，這會成爲犯罪與糾紛的溫床。揭露眞相的偵探乃是必要之惡。紗崎爲了讓偵探業繼續存在，選擇了自我犧牲的道路。」

「竹內社長只是單純想挖角玲奈姊吧？他想把那個既能幹，又不怕非法行爲的玲奈姊納入麾下。」

「當然。」

「您知道的話，不是應該阻止她嗎？」

「我無法決定她辭職後的人生。」

「應該先把她留在這間公司的。」

「不可能。」須磨靜靜地說，「以前就問過她了。她的回答是『已經沒有目標了。』完成替妹妹的報仇，似乎就是一切的終結。她今後已無意再追蹤不肖偵探，而且跟妳也疏遠了。」

心中的憂傷與哀憐如鯁在喉，琴葉細聲呢喃，「玲奈姊會離開，是我的錯。」

「不是。」須磨盯著她，「我聽說當時的狀況了，妳沒有其他選擇，紗崎應該也明白的。」

「我跟玲奈姊是不是都把對方當成姊妹的替身？」

「或許是吧。」

那事不關己的口氣，讓琴葉益發不耐，「是社長介紹我跟玲奈姊認識的吧！」

「『人與人的牽絆』聽起來冠冕堂皇，但這世上不存在無償的愛。由血緣產生的感情是與生俱來的，以此爲優先並無所謂正不正確。」

高昂的情緒瞬間冷卻下來。繼續留在這邊，琴葉不知道自己會說出什麼話。她轉身背向須磨離去。

「峰森。」須磨對她說，「今後，反偵探課就只有妳一個人了。不過妳不用做紗崎那種危險的行動，只要接受跟偵探相關的投訴諮詢，向桐嶋報告就行。調查統一由偵探課進行，妳之後的工作主要也以內勤事務爲主。」

琴葉反而湧起一股反抗的衝動，「前提是我沒有從這間公司辭職。」

須磨全然不受動搖，「未經許可，不許跟紗崎見面。她是其他公司的偵探，而且還同樣是反偵探課的。」

琴葉感覺淚水快要湧出，她快步走出社長室。

自己連失業的勇氣都沒有，須磨已看穿這點。容身之處愈來愈少，如今只剩這裡了。

回到辦公室的反偵探課座位，琴葉看見剛才那個信封。「玲奈收」，那似乎是父親親手寫下的。

還不知道有沒有機會能交給本人，而且隨意打開他人的信也有失禮數。

琴葉並未煩惱解決方法，她每天都在這張桌子看著玲奈操作。旁邊有加濕器，琴葉將信封底部放在蒸氣上。

上面的封口很難完美無缺地拆開，但底部封口則是由機器統一塗上糨糊的。熱氣會使糨糊融化，只要小心拆開，事後重新黏回去即可。

琴葉取出信紙打開，由原子筆書寫的文字映入眼簾。

玲奈

好久不見。妳到東京後似乎過得不錯，爸爸放心了。

雖然很遺憾，但爸爸已經跟媽媽離婚了。妳媽媽也同意。她想跟妳見面，之後請到醫院看看她。

爸爸要再婚了，應該很有可能會搬到新家。今後就隨妳喜歡，隨心所欲在東京生活吧。等到妳在咲良的忌日返鄉時，我們再見面吧。希望妳工作加油，健康幸福地過日子。

爸爸

信的內容就這些。琴葉怔住了，不由得脫口而出，「這算什麼？」

這一連串事件，媒體上都沒有出現玲奈的名字，父親不知道實情也是合理。可是這些文字又是怎麼回事？從頭到尾都在說自己的事，一點都沒表現出對女兒的關心。根本是再婚之後就想疏遠玲奈。

琴葉看著這封信，便不覺一陣鼻酸。她幾乎衝動發作地將信塞進碎紙機，連猶豫都還來不及。

碎紙機發出像低喃的聲音，落下無數切細的紙條。她感覺到涼子望向這邊的視線，也感受到桐嶋的目光，但琴葉決定視若無睹。

面對不斷侵襲而來的寂寥，琴葉束手無策，只能將臉埋進雙手。心底深處因悲傷的酸楚而疼痛不已。

28

須磨回絕了所有下午的會面，把自己關在樓層一角的資料室裡。書架擺滿這個原本就十分狹窄的空間，連人要走動都很困難。在周圍的壓迫感下，須磨靠在牆邊翻閱著檔案。

桐嶋從半開的門後探出頭，「社長原來在這裡。」

「有什麼事嗎？」須磨問。

「沒有，」桐嶋站在門邊，「只是到處都有人打電話找您。」

須磨一哼，「有了警視廳的許可，協會各公司全都設立了反偵探課，我們公司現在不過就是其中之一罷了。相對的，全國有五六千個無照業者，大夥暫時還不用擔心沒飯吃。很諷刺地，業界的健全化看來是大有進展。」

桐嶋悶悶地說，「而紗崎就是這一切的基石嗎。」

「我們也得注意竹內調查事務所的動向，跟其他公司一樣，不能放過紗崎的違法行爲。」

「中央分部可是聯合起來包庇了紗崎喔。」

「那應該視爲僅此一次的溫情，並不是在祝賀紗崎換公司。」

「那個……」桐嶋似乎有些難以啓齒，「一直以來，對於我們公司在偵探業界的違法部分，紗崎都是睜一隻眼閉一隻眼。今後她也會對我們放水嗎？」

「因爲覺得對你我有情義？我不這麼認爲。她應該也煩惱過類似問題，比如偏袒同事是否跟警界的腐敗有所不同。」

「那我們就是完全的敵人了？」

「如果紗崎能繼續熱中於工作的話，我反而還比較高興。話說回來，她應該也不會一味沉浸在空虛中。」

「這是什麼意思？」

「在西方神話裡，『死神』又被人稱為『侍奉最高階神的農夫』。意即死神只是在最高階神的指導下，學會工作的技術。」

「你的意思是有把偵探技術傳授給市村凜的人躲在暗處？」

「市村僅僅十八歲，就因非法的調查能力嶄露頭角。就像我對紗崎的教育，應該也有一個訓練市村才能的角色。直到上世紀末，偵探都不受司法管束，得以為所欲為。其中也包括如惡魔般殘暴的偵探。」

桐嶋凝視須磨，「您指的是姥妙嗎？」

「沒錯。」須磨給他看自己手中的檔案，「如果市村只是每次都在調查報告書使用相同的紙，我還不會有此聯想。不過她甚至將紙隨身攜帶，徹底執行到如此地步，讓我覺得是不是有人訓練她把這當成義務了。」

「在每個事件都要留下專屬自己的證據，姥妙正是以這個指導方針聞名。否則姥妙的調查技術太過完美，連徒弟的作品都會被誤認為是他本人的。這就是您懷疑的理由嗎？」

「傳聞大約十年前，他開始著手指導新人，和市村的時期重疊。姥妙本身雖然不涉及代客跟蹤，但徒弟卻不在此限。」

桐嶋若有所思地說，「如果事實眞是如此，那就很難說了。姥妙的本業是精神科醫師，我也聽說他會爲了讓患者適應社會，教他們學習調查業的知識。」

「其中一部分精神病患，就可能成爲凶惡至極的非法偵探，比如市村。」

「現在各家都成立了反偵探課，對姥妙的箝制也更強了吧。」

無以名狀的憂鬱縈繞在心中，須磨搖搖頭，「即使集全公司之力，都抓不到他的狐狸尾巴。姥妙是個狡猾的偵探，調查業的理念反而會遭受動搖，協會將瀕臨危機。」

倘若市村凜眞的是姥妙教出來的，那這只會是最令人害怕的情況中的一小部分。經過這次的事件證實姥妙培養出來的偵探，會接受具反社會性質的委託。若是繼續發展下去，協會將喪失權威，一一敗退的反偵探課只能品嘗辛酸滋味吧。靠偵探業法恢復大眾信賴的努力將化爲泡影，一切倒退回地下經營的時代，或許這才是調查業原本應有的姿態。

偵探成爲犯罪者的白手套的時代已經到來。若之中還有一絲希望，那便是紗崎玲奈的未來，而這同樣也沒什麼時間猶豫了。姥妙才是眞正的元凶，她知道嗎？

29

下午三點多，琴葉來到姊姊入住治療的品川綜合醫院。她手上只拿了一個代替手提包的大型信封，以及一束花。

她前往病房，走廊有制服警察守著。琴葉上前說明後，警察便替她打開門。

一進入房間，琴葉就察覺到一股不自然的氣氛。爸爸媽媽站在彩音躺臥的病床旁。她刻意晚到只有一個理由，就是不想見到他們，她以為父母應該也懂的。然而過了約定的時間，父母卻仍然留在病房裡，顯然是有意為之。

在他們說話前，琴葉搶先開口，「我想單獨和姊姊說話，出去吧。」

爸爸一副不知所措的模樣，媽媽則露出既驚訝又傷心的神色。琴葉別開視線，迴避自己的罪惡感。

爸媽應該很意外吧，他們很少聽到自己說話這麼直接。琴葉也覺得自己變了，一直以來她都覺得，說出自己的主張是過於自私的行為，然而現在她認為這只是彼此的信念不同，不說清楚別人就不會知道。

雙親離開之前，對彩音尷尬地笑了笑，道別後便走出房門。彩音也直起上半身，坐著揮手送別父母。

病房裡只剩兩人了。房間的角落已堆滿許多花束和慰問品，琴葉將自己的花放在上面。

彩音十分削瘦，面容憔悴，幾近蒼白的肌膚毫無血色。主治醫師說，彩音服用過未管制的危險藥物，應該是受市村凜引誘的吧。沒人知道凜是如何與自暴自棄的彩音接觸的，彩音並未向任何人說起，琴葉也不想問。

彩音輕輕地問道，「外面還在下雨嗎？」

「已經停了。」

「這樣啊，媽媽他們來的時候，說外面在下雨。」

「嗯。」琴葉敷衍地應聲。她看著五彩繽紛的花束，「之前公司的人送的？」

「還有學校的朋友。妳還記得理惠嗎？是我的同班同學。」

「喔——」

「她也帶朋友來看我了。」彩音無力地一哼，「之前也發生過同樣的事呢，琴葉住院的時候，我也在病房問妳『是誰送的花』。」

琴葉還依稀記得，但這些事根本無關緊要，甚至算不上回憶。

彩音大概也感受到對話中的空虛，她的音調略微變化，「那個……」

「什麼事？」

接著是一陣寂靜，直到彩音終於小聲地說，「謝謝。」

琴葉不明白她的意思，於是站在原地不動。她刻意不開口詢問，因爲沉默更有催促對方的效果。這是跟玲奈學來的。

彩音俯著頭說，「妳救了我吧？妳是我的救命恩人。雖然當時意識不清，但我聽到了妳的聲音。」

琴葉陷入感傷的情緒，眼角默默濕潤。

埋在混凝土裡，是聽不到外界聲音的。彩音聽到的是，凜播放的電子錄音筆的錄音。

凜遭刺倒地後，琴葉從她口袋裡拿走錄音筆，在回程路上丟進河裡。她希望裡面的紀錄就此永遠消除，但那卻已刻在彩音腦海裡了。

彩音淚如雨下，顫抖著訴說，「眞的很謝謝妳，選擇了我這樣的人。我沒有被琴葉討厭吧？雖然對玲奈小姐過意不去，但我眞的很高興。」

複雜的情感在琴葉心中翻騰。接受姊姊的道謝，是不道德的。但這也是她自找的，琴葉已痛切感受，她是想和彩音在一起的。嘴上說是選擇其中一方活下來，結果最後不過只是爲了自己而選。

我背負了沉重的罪，無法再見玲奈。玲奈失去了咲良，轉而尋求情感寄託；而我也尋求著玲奈的感情，但那只是代替姊姊罷了。對玲奈而言，我或許也是妹妹的替身。只是咲良永遠不會回來了，而彩音仍然活著。即使親眼見到她背後的瘋狂，我依舊無法放著彩音不管，我沒辦法拋下姊姊。

就因爲沒有其他人可以依靠，我纏住玲奈。如今唯有承認，那是我對自己撒下的謊。我喜歡玲奈，但我愛姊姊。不應該將她們放在天秤兩端，我也完全不想這麼做。是凜這個惡魔逼我做出選擇。

琴葉在床邊跪下，臉一埋進床單，思念便傾洩而出。她哭著說，「姊姊，請妳變回以前的姊姊吧！答應我，不要再跟那些壞人往來了。哲哉、哲哉的朋友、市村凜，他們都不是姊姊的同伴。我想要相信，妳會變得這麼奇怪，都是因爲他們的關係。就算妳還是有討人厭或壞心眼的部分，只有我們兩個人的時候，請當我溫柔的姊姊吧！我喜歡以前的姊姊！我喜歡小時候的姊姊啊！」

琴葉察覺時，自己早已泣不成聲，眼淚濕透了床單。彩音的手輕撫著琴葉的頭。

彩音哽咽地說，「我答應妳，一定答應妳。琴葉，對不起，請原諒我。」

小時候，兩人也曾這樣抱頭痛哭過。至今已想不起是爲了什麼，只記得當時就像現在這樣，一個勁地哭著。姊妹倆顧不得他人目光，也無所謂被人聽見。

大約一小時過去，琴葉走出病房。

她不認爲眼淚能就此洗淨心靈。如都市的雨般混濁，乾燥後仍殘留髒污。現在亦如是，唯有懷抱著心中的鬱悶，獨自前行。

院內走廊上，一個微胖西裝男子擋住琴葉的去路。

琴葉一眼便能看出他是調查員，但和其他警界人士相比，此人的態度更加目中無人。

西裝男子開口，「我是搜查一課的蚫谷。您是峰森琴葉小姐嗎？」

琴葉板著臉回答，「有什麼事嗎？」

「您跟令姊說了什麼事呢？」

「沒什麼，那不是什麼可以說給別人聽的事。」

蚫谷盯著琴葉手上的大信封袋問，「那是？」

「看就知道了吧，是信封。」

「很大一個啊。可以讓我看看嗎？」

「我現在要拿去投遞了。」

「隨便啦，給我拿來！」蚫谷用力搶走信封。

雖有一絲恐懼，琴葉仍維持住強勢的態度，「如果沒有逮捕令，打開信封就是違法。」

蚫谷不屑一顧，「聽說西山跟杉林也中了同一招，眞是太菜了。我可不會放過妳啊，喂！你過來！」

蚫谷喚來病房門前的制服警察，嘀嘀咕咕地向他指示，這是她的攜帶物品，你跟我一起確認內容物。

制服警察詫異地呆站著，蚫谷二話不說立即拆開信封袋。

一打開信封，他自信的臉上隨即蒙上陰影。從信封裡拿出來的，只是一份平凡無奇的報紙。

蚫谷困惑地看向琴葉，琴葉指指自己胸前口袋，上方露出一小截手機，相機鏡頭朝外。

琴葉取出手機，將液晶螢幕轉向蚫谷。大概是領悟到手機正在錄影，蚫谷一臉愕然。

琴葉抽回信封，「奉勸你回去整理辦公桌，你大概要降職了。」

制服警察皺著眉，斜眼窺看蚫谷。丟下狼狽失措的蚫谷，琴葉揚長而去。

自己正逐漸改變。空虛憂傷的心緒不斷滋長。她明白世上存在不能跨越的那條線，但她已經無法回頭了。

30

上午十一點，雨停了。在汐留SIO-SITE第五區的義大利街，濡濕的紅磚廣場上，行人三三兩兩。店家還沒開門營業，店外的露臺座位區空無一人。

氣候正值冬春交替之際，晴空萬里，涼風如湛藍的冰，讓玲奈的長髮隨之飛舞。大衣的季節或許將要結束，在輕透的陽光照映下，色彩斑斕的花圃熠熠生輝。

炫目的光線如暈影瀰漫視線，在一片白亮的視野中，琴葉漫步走來。

她提著一個運動包，穿著夾克搭配裙子及靴子。很適合她，玲奈想，琴葉果然是很有魅力的女孩子，眞希望和她是在這樣的街角相遇，在一個妹妹還活著的世界。

空中流轉的雲，在廣場投下濃淡不一的陰影。琴葉的臉一下被暗影遮蔽，一下又沐浴在和煦陽光下。

自那個混凝土工廠的夜晚以來，她們第一次見面。琴葉的臉顯得有些憔悴，那對顯然是因哭過而腫起的眼睛看著玲奈。玲奈想，我應該也是以同樣的眼神看她吧。

兩人相對無言。片刻過去後，琴葉終於遞出運動提袋，「這個。郵件裡寫的東西，我全都帶來了。」

「謝謝。」玲奈接下運動提袋。

「房間裡還剩很多衣服。」

「沒關係，那些都給妳。」

兩人站在陽光下，淡漠地交談著，溫和空虛的時光一點一滴流逝。冷冽的風吹過，玲奈伸手按住飛舞的頭髮。

她們在臨別之時，獲得了僅僅數分鐘的相見機會。彼此互爲不同公司的反偵探課職員，往後就不再有相見的自由。對一般的偵探業者而言，其實沒必要這麼敏感。但玲奈的情況不同，即使是現在，琴葉也能感覺到監視的目光，無法置之不顧。

琴葉和我之間的關係，也不可能再如同以往了，玲奈想。至少，彼此的心靈已經永遠不相通了，只要還有任何一方在當偵探，這種情況就無法改變。

或許是察覺了玲奈的心思，琴葉輕聲說，「我會繼續做這個工作，因爲我希望玲奈姊回來。這麼說妳或許會生氣，但我還想跟妳一起工作。」

無能爲力的哀傷抑鬱在胸中，玲奈說不出任何話語。

琴葉凝視著她的眼裡充滿困惑，轉變爲憂傷，最終陷入失落的陰影中。

似乎再也忍受不了沉默，琴葉難過地說，「玲奈姊，我沒辦法輕率地開口叫妳原諒我。打我一巴掌吧！我這個人最惡劣了。傷害了玲奈姊，卻還是沒辦法改變自己。」

琴葉顫抖著哭了起來，潸然淚下。

玲奈心中承受著無比刺痛和悲傷的譴責，吐出的氣息化爲顫音脆弱，「爲什麼？爲什麼每個人都要我打他？我不是那樣的人，我不想成爲那樣的人！」

「對不起，」琴葉掩著臉，「玲奈姊，眞的對不起。」

玲奈輕輕抱住琴葉。胸中湧出的悲哀、憐惜與悔恨交雜，怎樣也無法控制的寂寥，此刻在心中滿溢。

彷彿令眼瞼燒燙的熱淚落下，玲奈放聲大哭。她一點也不希望局面變成這樣。

「琴葉，我最喜歡妳了。」玲奈說，「第一次見面時，就應該推開妳的。就算反抗社長，也該讓妳辭職，回到妳姊姊身邊的。但我卻沒能離開妳，因爲我在妳身上看見咲良的影子。我任性依賴的心，把妳拉進了這樣的世界。」

「就說不是這樣的！」琴葉猛搖頭，「玲奈姊沒有錯，是我太脆弱了，因爲我是個什麼都做不到的膽小鬼！」

雲影遮蔽了太陽，空氣一下子宛如要凍結，殘冬的寒冷仍刺痛著肌膚。玲奈將琴葉發冷的身體擁抱得更緊。

我被市村凜傷得體無完膚。致力替妹妹報仇的同時，卻暴露了自己這顆不完全的心。我理當明白的，自己應有的面貌唯有孤獨。然而我卻無法壓抑自己的眞心，在工作場所裡尋求家人的替身，把對方當成自己的支柱。這明明是一份不會有回報的情感。

玲奈輕聲說，「琴葉，拜託妳了，別再當偵探了。」

「我走不了。」琴葉把臉埋進玲奈胸口，「沒辦法丟下玲奈姊不管。我會盯著妳的，因爲我是反偵探課。」

玲奈抬頭仰望天空。搖曳的雲朵，彷彿湖面的漣漪，虛幻的白雲隱約浮現。雲影落在玲奈臉上。若是低下頭，淚水恐怕就要墜落。

在寂靜之中，汽車的引擎聲隨著略微增強的風傳了過來。一輛BMW7系列的長型房車緩緩駛近。

有人來接玲奈了。憂傷般的寂寞，在她心中擴散，離別時刻將近。

琴葉仍緊緊抱著她，「一定要回來，我會一直等著妳。」

我沒辦法接受這份心意。不能再干涉琴葉的人生了，因爲她不是妹妹。

玲奈抽身後退，琴葉淚眼汪汪地望著她。玲奈別開視線，轉身朝向逐漸接近的腳步聲。

來者是一名新公司的員工，板著臉站在後面。他伸出手，示意要接過行李，玲奈將運動提袋交給他。

廣場的紅磚路面上明暗交錯，浮現著淡淡的樹影。玲奈邁步離去，坐上車門已打開的後座。

車門一關上，旋即感受到車內空間的閉塞感。那名職員坐進駕駛座，竹內勇樹的背影則在副駕駛座上。

竹內回頭，不懷好意地微笑，「只要還在我們公司工作，我會盡可能讓妳逃過法律的監視。我很期待妳日後的表現喔。」

玲奈也只能默默頷首。好想哭，累積了太多罪孽，才導致這般無法避免的命運嗎？

汽車發動，竹內瞄了瞄後車窗，輕哼一聲。

玲奈轉頭看向後方，霎時屏息。

琴葉在廣場上奔跑著，拚命緊追在後。

玲奈降下車窗，探出身子大喊，「琴葉！」

「玲奈姊！」琴葉邊跑邊哭著吶喊，「玲奈姊！」

眼睛一眨，便有水珠自然落在臉頰。玲奈遙望著琴葉，感受清冷的微風拂過。

車子加速，拉開了距離。琴葉的身影逐漸縮小，但她未曾慢下腳步，呼喊聲隨風聲消逝。直到彎過轉角，終於再見不到琴葉了。

陽光中泛著白色微粒，落在大樓屋頂上，唯有那裡脆弱地閃著光輝。道路沿線的隅田川上光芒閃爍，破碎的陽光在河面跳躍著。晃動的光在淚水中漫射。

宛如突然降下的雪，在幽靜的寂寥中沉默。過往的辛酸回憶接踵而來，但還有一份更強烈的感情，緊緊揪著玲奈的心。

我接納了琴葉進到心中，而記憶裡的咲良，不知何時消失了。

和琴葉分開後，如今的我，眞的只剩下一個人了。

NIL 13／惡德偵探制裁社 3
對決死神的女孩

原著書名／探偵の探偵Ⅲ
原出版者／講談社
作　者／松岡圭祐
翻　譯／黃姿瑋
責任編輯／張麗嫺
編輯總監／劉麗眞
總 經 理／陳逸瑛
榮譽社長／詹宏志
發 行 人／涂玉雲
出 版 社／獨步文化
城邦文化事業股份有限公司
104台北市中山區民生東路二段141號5樓
電話：(02) 2500-7696　傳眞：(02) 2500-1967
發　行／英屬蓋曼群島商家庭傳媒股份有限公司
城邦分公司
104 台北市中山區民生東路二段141號2樓
網址／www.cite.com.tw
讀者服務專線／(02) 2500-7718；2500-7719
服務時間／週一至週五：09：30～12：00　13：30～17：00
24小時傳眞服務／(02) 2500-1900；2500-1991
讀者服務信箱E-mail／service@readingclub.com.tw
劃撥帳號／19863813
戶名／書虫股份有限公司
香港發行所／城邦（香港）出版集團有限公司
香港灣仔駱克道193號號1樓東超商業中心
電話／(852) 2508-6231　傳眞／(852) 2578-9337
E-mail／hkcite@biznetvigator.com
馬新發行所／城邦（馬新）出版集團
Cite (M) Sdn Bhd
41, Jalan Radin Anum, Bandar Baru Sri Petaling,
57000 Kuala Lumpur, Malaysia.
Tel: (603) 90578822
Fax:(603) 90576622
email:cite@cite.com.my
封面插畫／清原紘
封面設計／馮議徹
排　版／游淑萍
印　刷／中原造像股份有限公司
售價280元
●2016（民105）10月初版
 ISBN 978-986-5651-72-5

國家圖書館出版品預行編目資料

惡德偵探制裁社3：對決死神的女孩／松岡圭祐著；黃姿瑋譯．–初版．–台北市：獨步文化，城邦文化出版：家庭傳媒城邦分公司發行，民105
面；公分. --（NIL；13）
譯自：探偵の探偵Ⅲ
ISBN 978-986-5651-72-5
861.57　　10501634

獨步文化
APEX PRESS

廣　告　回　函
北區郵政管理登記證
台北廣字第000791號
郵資已付，免貼郵票

104台北市民生東路二段 141 號 2 樓

英屬蓋曼群島商家庭傳媒股份有限公司
城邦分公司

請沿虛線對摺，謝謝！

獨步文化
APEX PRESS

書號：1UY013　　書名：對決死神的女孩　　編碼：

請於此處用膠水黏貼

獨步文化 APEX PRESS

讀者回函卡

謝謝您購買我們出版的書籍！

請費心填寫此回函卡，我們將不定期寄上城邦集團最新的出版訊息。

姓名：________________________　性別：□男　□女

生日：西元__________年__________月__________日

地址：____

聯絡電話：____________________　傳真：________________

E-mail：____

學歷：□1.小學 □2.國中 □3.高中 □4.大專 □5.研究所以上

職業：□1.學生 □2.軍公教 □3.服務 □4.金融 □5.製造 □6.資訊

□7.傳播 □8.自由業 □9.農漁牧 □10.家管 □11.退休

□12.其他 ________________________

您從何種方式得知本書消息？

□1.書店 □2.網路 □3.報紙 □4.雜誌 □5.廣播 □6.電視

□7.親友推薦 □8.其他 ________________________

您通常以何種方式購書？

□1.書店 □2.網路 □3.傳真訂購 □4.郵局劃撥 □5.其他

您喜歡閱讀哪些類別的書籍？

□1.財經商業 □2.自然科學 □3.歷史 □4.法律 □5.文學

□6.休閒旅遊 □7.小說 □8.人物傳記 □9.生活、勵志 □10.其他

對我們的建議：____

____

____

為提供訂購、行銷、客戶管理或其他合於營業登記項目或章程所定業務需要之目的，家庭傳媒集團（即英屬蓋曼群島商家庭傳媒股份有限公司城邦分公司、城邦文化事業股份有限公司、書虫股份有限公司、墨刻出版股份有限公司、城邦原創股份有限公司），於本集團之營運期間及地區內，將以mail、傳真、電話、簡訊、郵寄或其他公告方式利用您提供之資料（資料類別：C001、C002、C003、C011等）。利用對象除本集團外，亦可能包括相關服務的協力機構。如您有依個資法第三條或其他需服務之處，得洽詢本公司服務信箱cite_apexpress@cite.com.tw請求協助。相關資料不提供亦不影響您的權益。

□我已詳讀權利義務之相關條款，並同意遵守。

請於此處用膠水黏貼

獨步文化
APEX PRESS

廣 告 回 函
北區郵政管理登記證
台北廣字第000791號
郵資已付，免貼郵票

104台北市民生東路二段 141 號 5 樓

英屬蓋曼群島商家庭傳媒股份有限公司

城邦分公司

獨步文化　　收

請沿此虛線剪下，將活動卡對摺、黏貼後寄回即可